Richard Ford est né en 1944 à Jackson, dans le Mississipi. Il passe son enfance dans quatorze États différents. Après avoir écrit des nouvelles pour la presse américaine, il publie son premier roman en 1976, *Une mort secrète.* Son plus grand succès reste *Indépendance*, qui lui a valu le prix Pulitzer et le prix Faulkner 1996. Il écrit également pour le théâtre. La dénonciation des travers de la société américaine est un thème majeur de ses romans. Pour cela, il est décrit comme un des auteurs cultes américains.

Richard Ford

MA MÈRE

RÉCIT

Traduit de l'anglais (États-Unis)
par Béatrice Matthieussent

Éditions de l'Olivier

TEXTE INTÉGRAL

TITRE ORIGINAL
My Mother

Ce texte a fait l'objet d'une édition limitée
chez Raven Editions.

ISBN 978-2-7578-1309-6
(ISBN 2-87929-065-1, 1re publication
ISBN 2-87929-380-4, 2e publication)

Kristina

MA MÈRE s'appelait Edna Akin, elle est née en 1910, quelque part dans le nord-ouest de l'Arkansas — le comté de Benton —, en un lieu dont je n'ai jamais su l'emplacement exact. Près de Decatur ou de Centerton, ou d'une ville qui a cessé d'en être une. Une simple bourgade rurale. Là-bas, on est tout près de l'Oklahoma, et, en 1910, c'était encore un pays rude, comme à l'époque des pionniers. Les voleurs et les hors-la-loi n'avaient disparu du paysage que depuis dix ans. Bat Masterson, le célèbre *gunfighter*, était toujours vivant et il rôdait encore dans le Kansas.

Si j'évoque ces faits, ce n'est pas à cause de leur apparence quelque peu romanesque, ni parce qu'ils confèrent à la vie de ma mère une couleur pittoresque, mais parce qu'ils témoignent d'un passé très reculé, d'un endroit lointain, voire inaccessible. Pourtant, à travers ma mère, que j'ai connue et aimée, je me sens relié à tout ce monde étrange, à cette chose autre qu'était sa vie, et dont j'ignorais à peu près tout. C'est là une particularité de notre vie avec nos parents, que l'on oublie souvent et qui passe donc inaperçue. Nos parents nous relient — aussi isolés que nous soyons dans notre existence — à une chose que nous ne sommes pas, mais qu'ils sont ; il y a là une coupure, peut-être un mystère, si bien que même ensemble nous demeurons seuls.

En me remémorant ainsi la vie de ma mère, j'accomplis, bien sûr, un acte d'amour. Mais il ne faudrait pas prendre l'incomplétude de mes souvenirs, mon rapport inadéquat aux faits, pour les signes d'un amour incomplet. J'ai aimé ma mère comme un enfant heureux, sans la moindre arrière-pensée, le moindre doute. Quand je suis devenu adulte, notre relation à son tour est devenue celle de deux adultes qui éprouvent du respect l'un pour l'autre ; nous nous disions « je t'aime » lorsqu'il semblait nécessaire d'éclaircir la situation, mais sans jamais nous y attarder. Aujourd'hui comme hier, cela me semble parfait.

La vie de ma mère, je ne peux que l'assembler comme un puzzle. Nous ne formions pas une famille à qui l'histoire avait beaucoup à offrir. Cela est sans doute lié au manque d'argent, à la vie à la campagne, à l'absence d'éducation ou à une connaissance insuffisante de bien des choses. Pour ma mère, l'histoire se réduisait à presque rien, pas même à des événements héroïques ou dramatiques, mais seulement à des petits détails, des résidus qu'on pouvait oublier, parfois sordides. La grande crise de 1929 ne fut pas étrangère à cette attitude. Ma mère et mon père étaient de ces gens qui vivent l'un pour l'autre, au jour le jour. Dans les années trente, après leur mariage, ils vécurent essentiellement sur la route. Ils buvaient un peu. Ils prenaient du bon temps. Ils croyaient avoir peu de choses à regretter, ils ne regardaient pas en arrière.

La famille de mon père, composée de protestants, était originaire d'Irlande. On était alors dans les années 1870, et un océan divisait le monde. En revanche, je ne sais pas grand-chose sur la jeunesse de ma mère. J'ignore d'où venait son père, si lui aussi était Irlandais, ou Polonais. Il était voiturier et ma mère parlait de lui avec affection, quoique de manière elliptique, sans jamais se sentir obligée de raconter quoi que ce fût.

— Oh, disait-elle parfois, mon papa était un brave homme.

Et c'était tout. Il mourut d'un cancer pendant les années trente, je crois, mais auparavant ma mère fut abandonnée par sa propre mère et elle vécut un moment avec lui. Cela se passait avant 1920. Il me semble que le père et la fille ont vécu à la campagne, près du lieu de naissance de ma mère — où ils retournèrent —, et qu'elle y fut assez heureuse. Ni plus ni moins. Je ne connais aucun de ses enthousiasmes d'alors, ni aucune de ses pensées. Je n'arrive pas à entendre sa voix d'*avant*, mais j'aimerais en être capable.

Sur sa mère, il y a beaucoup à dire ; c'est toute une histoire. Elle était originaire de la campagne, avec de nombreux frères et sœurs. Il y avait du sang indien de ce côté-là de la famille, bien qu'on n'ait jamais pu identifier clairement la tribu. J'ignore presque tout de ses parents, mais j'ai une photo de mon arrière-grand-mère et de ma grand-mère en compagnie de son nouveau mari, le second, assis dans un vieux chariot, avec ma mère dans le fond. Mon arrière-grand-mère paraît âgée, elle ressemble à une sorcière ; ma grand-mère, jolie et sévère dans son long manteau de castor ; ma mère, jeune, fixe l'objectif d'un regard sombre et perçant.

Ma grand-mère avait quitté son mari pour vivre avec l'homme plus jeune qui figure sur la photo. Il était boxeur et débardeur. Un beau garçon. Mince, vif et malin. Son nom de boxeur était « Kid Richard ». (Je suis donc son homonyme. Curieux, non ?) Cela se passait à Fort Smith. Peut-être en 1922. Ma grand-mère était plus âgée que Kid Richard, dont le vrai nom était Bennie Shelley. Pour l'épouser au plus vite et le garder auprès d'elle, elle mentit sur son âge en se rajeunissant allégrement de huit années ; bientôt, elle n'apprécia plus la compagnie de sa jolie fille — ma mère —, qui lui rappelait trop son âge réel.

Pendant une certaine période (toute son existence semble découpée en brèves périodes), ma mère fut pensionnaire à l'école conventuelle de Sainte-Anne, à Fort Smith. Son père jugea sans doute l'idée excellente, car il prit en charge ses frais de scolarité et elle reçut ainsi une éducation religieuse. Je ne sais pas exactement ce que sa mère — qui s'appelait Essie ou Lessie ou simplement Les — a fait pendant ce temps-là, c'est-à-dire durant trois ans.

Elle avait donc épousé Bennie Shelley, natif de Fayetteville, où il avait de la famille. Il fut d'abord garçon de café, puis serveur dans le service de restauration du train de Rock Island. Moyennant quoi, ils vécurent à El Reno et même à Tucumcari, au Nouveau-Mexique. Il abandonna la boxe et ma grand-mère lui imposa sa loi ; elle comptait bien faire un bout de chemin avec lui. Il était son dernier et meilleur choix. Un aller simple vers l'ailleurs. Mais de quoi était fait cet ailleurs, je l'ignore.

Ma mère m'a souvent dit qu'elle avait bien aimé les sœurs de Sainte-Anne. Elles étaient strictes. Inflexibles. Sûres d'elles. Dévouées. Pleines d'humour. C'est là, je pense, en qualité de pensionnaire, que ma mère acquit toute l'instruction qu'elle eut jamais, en classe de troisième (comme elle travaillait bien, elle était bien notée, même si elle fumait et se faisait punir pour cela). Je crois que, si elle ne m'avait jamais parlé des religieuses, si je n'avais pas appris l'existence de cette période cruciale de sa vie, je n'aurais jamais pu mettre un peu d'ordre dans ces quelques bribes. L'ombre portée de son séjour à Sainte-Anne plane sur le restant de sa vie. Au fond de son cœur, ma mère était secrètement catholique. Elle pardonnait. Elle respectait rituels et protocoles. Elle révérait l'apparat de la foi, les disciplines spirituelles. Tout ce que je pense des catholiques, je le dois à ma mère ; elle ne fut jamais des leurs, mais, ayant vécu parmi eux à un âge précoce, elle apprécia à la fois ce qu'on lui apprenait et celles qui lui prodiguaient cet enseignement. Plus tard, quand elle eut épousé mon père et qu'elle fit la connaissance de sa mère à lui, elle ne cessa jamais de croire qu'on la prenait pour une catholique, et que, si la famille de mon père l'avait adoptée, ce n'était pas sans arrière-pensée.

Mais quand son propre père, pour des raisons que j'ignore, cessa de payer ses frais de scolarité, sa mère — qui exigeait désormais de la faire passer pour sa sœur — lui fit quitter Sainte-Anne. Elle ne remit plus les pieds à l'école, plus jamais. Sa mère l'accueillit sans chaleur excessive et je n'ai jamais compris pourquoi elle la reprit avec elle. Il s'agit simplement d'un de ces faits inexplicables qui sont pourtant d'une importance capitale.

Ils voyagèrent. Ils vécurent à Kansas City. Retournèrent à El Reno. Ils allèrent à Davenport, à Des Moines — là où les chemins de fer entraînaient Ben Shelley, qui montait dans la hiérarchie du wagon-restaurant. Ben devint ambitieux. Il quitta ensuite les chemins de fer pour devenir le fournisseur de l'hôtel Arlington de Hot Springs. Là, il fit travailler ma mère au magasin de cigares, où elle entrevit un monde plus vaste. On venait de très loin pour la source thermale. Des juifs de Chicago et de New York. Des étrangers. Des gens riches. Elle rencontra des joueurs de base-ball, elle se lia avec Dizzy Dean et Leo Durocher. C'est à cette époque, alors qu'elle avait dix-sept ans, qu'elle rencontra mon père.

De la cour qu'ils se firent, je ne sais rien sinon que cela se passait à Little Rock, vers l'année 1927. Mon père avait vingt-trois ans. Il travaillait au rayon primeurs d'une épicerie. J'ai une photo de lui avec deux autres jeunes employés dans une épicerie. Debout à côté d'une montagne de choux, il porte une cravate et un tablier blanc immaculé. Je ne sais où cette photo a été prise. A Little Rock.

A Hot Springs — dans l'une ou l'autre de ces villes. Un simple aperçu. Les raisons qui lui firent quitter la campagne pour Little Rock, je les ignorerai toujours, tout comme ce qu'il avait en tête à cette époque. Il est mort en 1960, quand je n'avais que seize ans. Je ne songeais pas alors à l'interroger à ce sujet.

Mais j'ai souvent pensé à eux, à l'époque où ils formaient un jeune couple. Ma mère, brune, avec ses yeux sombres, ses formes voluptueuses. Mon père, les yeux bleus comme moi, imposant, crédule, honnête, doux. Je les imagine très bien ensemble. Je devine ce que chacun d'eux pensa certainement très vite de l'autre : voilà quelqu'un de bien. Ma mère connaissait la vie. Elle avait travaillé dans des hôtels, fréquenté une école conventuelle. Vécu dans plusieurs villes. Voyagé un peu. Mon père, lui, était un jeune campagnard qui avait arrêté l'école en classe de cinquième. Benjamin de trois enfants, tous élevés par leur mère, et fils de suicidé. Je crois volontiers que ma mère désirait mieux qu'une vie consacrée à travailler pour un beau-père ambitieux et une mère acariâtre, dans des emplois qui ne la menaient nulle part ; elle pensait peut-être qu'elle ne méritait pas son sort, qu'on lui faisait la vie dure ; elle était sans doute lasse d'être la « sœur » de sa mère ; elle se disait que c'était une existence bizarre ; qu'elle risquait de perdre tout espoir ; qu'elle menait une vie ennuyeuse. Quant à mon père, je suppose qu'il rencontra tout simplement ma mère et qu'il la désira. Qu'il l'aima. Et que le reste suivit son cours.

C'est à Morrilton, dans l'Arkansas, qu'un juge de paix les unit, en 1928. Le lendemain matin, les jeunes mariés arrivèrent chez mon père, à Atkins. Je n'ai pas la moindre idée de ce que les gens en pensèrent ou en dirent. Mes parents agissaient de manière indépendante et ma mère ne ressentit jamais le besoin d'émettre le moindre commentaire à ce sujet. Mais à mon avis, son arrivée suscita la désapprobation.

JE CROIS pouvoir dire sans me tromper que mes parents voulaient avoir des enfants. Combien ils en désiraient et combien de temps après leur mariage, je l'ignore. Mais dans leur modestie, ils se vantaient de ce que mon père eût réussi à travailler pendant toute la crise de 1929. Et je crois qu'ils avaient assez d'argent. Ils habitaient Little Rock. Mon père, donc, fut d'abord épicier, puis en 1932 il fut licencié et alla vendre de l'amidon pour une entreprise proche de Kansas City, la société Faultless. Huey Long avait lui aussi travaillé pour cette entreprise. C'était un travail itinérant et, le plus souvent, ils voyageaient ensemble. La Nouvelle-Orléans. Memphis. Texarkana. Ils logeaient à l'hôtel, passaient leurs heures et leurs journées de loisir à Little Rock. Mais pour l'essentiel, ils voyageaient. Mon père visitait les épiceries, les grossistes, les prisons, les hôpitaux, il donnait des cours aux jeunes ménages pour leur apprendre à empeser leurs vêtements sans faire bouillir l'amidon. Ma mère, comme à son habitude, n'évoquait jamais cette période de sa vie, sauf pour dire qu'elle et son mari avaient pris « du bon temps » ensemble — c'était son expression —, tout en sachant qu'ils ne pourraient pas avoir d'enfant ainsi. Pas d'enfant. Je ne sais même pas si cela comptait vraiment pour eux. Ils n'étaient pas faits pour lutter contre le destin, ils désiraient simplement vivre le mieux possible. Cette période dura quinze ans. Toute une vie vécue de la sorte. Une vie libre, faite de déplacements continuels. La boisson. Les voitures. Les restaurants. Une espèce d'insouciance. Il y avait aussi les amis qu'ils s'étaient faits à La Nouvelle-Orléans, Memphis, Little Rock et sur la route. Ils se lièrent d'amitié avec ma grand-mère et Bennie, qui n'était pas beaucoup plus âgé que mon père — quatre ans, tout au plus, les séparaient. Je crois qu'ils se laissèrent prendre par leur vie, une vie dans le Sud pendant les années trente, une espèce de tourbillon sans destination précise. Il y eut sans doute beaucoup d'existences similaires à cette époque. Aujourd'hui, celle-ci me semble vraiment particulière. La crise. Mais pour eux, bien sûr, c'était tout simplement leur vie.

Ma mère a sans doute considéré ce moment de sa vie comme inracontable. Indigne de toute évocation. Mon père, qui de toute manière n'était pas un conteur, n'a jamais eu l'occasion de se la rappeler. Quant à moi, je n'étais pas de ceux qui cherchent à combler les vides du passé, si bien que je ne leur ai jamais posé de questions. C'était comme un domaine privé où je me serais senti un intrus. Et je sais que les rares et brèves allusions de ma mère à cette époque, comme si les années trente se réduisaient à un long week-end — abus d'alcool, absence de racines et de toute retenue —, me donnaient l'impression d'une sorte de désordre possible, d'une témérité d'esprit et d'attitude, qu'un fils aurait mieux fait d'ignorer. Bref, ç'avait été *leur* époque à eux et ça ne me regardait pas. Point final.

Mais, considérée rétrospectivement à partir de l'année de ma naissance, 1944, toute cette existence sans enfant ni souci finit sans doute par sembler étrange à ma mère ; une vie à part, peut-être même remémorée indistinctement, absurde sans doute, en comparaison du sens que prend la vie lorsqu'on a un enfant. Malgré tout, une intimité établie entre ces deux êtres qui menèrent ensuite une existence plus sensée, cette existence même à laquelle ils avaient renoncé parce que aucun enfant n'était arrivé.

Tous les premiers-nés, et certainement tous les enfants uniques, considèrent leur venue au monde comme un événement sortant de l'ordinaire. Pour mes parents, ma naissance fut une surprise qui coïncida avec la fin de la Seconde Guerre mondiale — laquelle, aux États-Unis, mit un terme aux années trente. Ma mère était mariée avec mon père depuis quinze ans ; pour l'essentiel, leur jeunesse était derrière eux. Il avait trente-neuf ans. Elle en avait trente-trois. A ma connaissance, ce fut un heureux événement. Pour une fois, leur existence prenait une apparence conventionnelle, plus stable ; ils se mirent à penser à des choses auxquelles leurs amis pensaient depuis des années. Rester au même endroit. L'avenir.

Ils n'avaient jamais possédé de maison ni de voiture, même si l'entreprise de mon père lui en fournissait une pour ses déplacements. Ils n'avaient jamais eu à choisir un « foyer », un endroit où s'installer définitivement. Ce qu'ils firent alors. Ils quittèrent Little Rock pour descendre un peu plus bas sur le Mississippi, jusqu'à Jackson, au centre géométrique du territoire couvert par mon père, où il pouvait rentrer facilement presque tous les week-ends, car ma mère ne l'accompagnait plus dans ses tournées. Un bébé allait naître.

Ils ne connaissaient personne à Jackson, sauf les grossistes qui travaillaient avec mon père et un ou deux représentants qu'il avait rencontrés sur la route. Je n'en suis pas certain, mais je pense que cette transition ne fut pas facile. Ils louèrent, puis achetèrent une petite maison en brique à deux étages, près d'une école. Ils fréquentèrent une église. Trouvèrent une épicerie à proximité. Un arrêt de bus — même si, à partir du 736, North Congress Street, on pouvait aller à pied jusqu'à la grand-rue de Jackson, à la bibliothèque et au capitole de l'État. Ils eurent des voisins — des citadins plus âgés qu'eux, des familles habitant des maisons plus belles, plus anciennes et plus vastes, dans un quartier lui-même en pleine évolution. Telle était maintenant leur vie. Mon père partait travailler le lundi matin et rentrait le vendredi soir. Dans le passé, il n'avait jamais fait une chose pareille, mais je crois que cela lui plaisait. Dans l'un de mes premiers souvenirs d'enfance, je le vois se promener le lundi matin à travers la maison ensoleillée, en sifflotant.

C'est ainsi qu'a commencé mon existence. Une vie passée auprès de ma mère — telle une ombre sur une photo de moi. Journées. Après-midi. Soirées. Promenades. Repas. Vêtements. Trottoirs. Le cinéma. La maison. La radio. Et, pendant le week-end, mon père. Un homme aimable, massif et doux qui nous rendait visite. Heureux de rentrer chez lui. Heureux de repartir.

Je ne crois pas que ma mère désirait entamer une carrière quelconque ou avoir une vie publique plus active. Je ne crois pas que mon père rencontrait d'autres femmes sur la route. Je ne crois pas que mon intrusion dans leur vie leur parut anormale ou ennuyeuse. Je sais d'expérience que c'est mon habitude de chercher le normal dans la vie, de chercher des raisons de croire à ceci ou à cela. En partie parce que mes parents m'ont élevé ainsi et ont mené une existence définissant un univers, un mode de vie qui pouvaient être tels. Même aujourd'hui, au milieu des soucis de ma propre existence, je ne crois pas que ce soit une mauvaise manière de voir les choses.

PASSONS à la partie de ma vie qui est liée à ma mère.

Pendant les onze premières années — avec la guerre de Corée, Truman et Eisenhower, la télévision, la bicyclette, la grosse tempête de neige de 1949 —, nous avons donc habité North Congress Street, au bas d'une colline où trônait le capitole de l'État, juste en face de la maison où vivait

Eudora Welty quand elle était jeune fille, trente-cinq ans plus tôt. À côté de l'école Jefferson Davis. Je me rappelle une voisine m'arrêtant sur le trottoir pour me demander qui j'étais ; ce genre de choses pouvait vous arriver à tout moment. J'avais peut-être sept ou huit ans à l'époque. Quand je lui dis mon nom — Richard Ford —, elle s'écria :

— Ah, oui ! Ta mère est cette ravissante petite brune qui habite un peu plus haut.

Cette réponse me toucha et elle me touche encore. Je crois que ce fut la première fois où je perçus ma mère comme une étrangère, une femme que les autres gens voyaient et observaient : une femme ravissante, ce qu'elle n'était pas à mes yeux. Une brune, ce qui était bien le cas. Elle mesurait, je le sais, un mètre soixante-cinq. Mais je n'ai jamais su si c'était grand ou petit. Je crois avoir toujours pensé que c'était là une taille normale. Je me souviens néanmoins de cet incident comme d'un instant peu banal de ma vie. Un détail, mais important. Il me fit prendre conscience — comment dire ? — de l'existence publique de ma mère. De cet aspect indubitable que les autres voyaient et commentaient. C'était Edna Ford, une personne qui était ma mère et qui était aussi quelqu'un d'autre. Depuis, je ne crois pas m'être jamais adressé à elle autrement — comme je me serais adressé à n'importe qui.

Ce fut une bonne leçon. Si nous l'ignorons, nous risquons de ne jamais connaître nos parents. Une ravissante brune d'un mètre soixante-cinq. Elle était en partie cela et ce savoir ne me fit aucun mal. Mieux, cela m'aida peut-être, car l'une des premières épreuves qu'il nous faut affronter, c'est de comprendre que nos parents, à condition qu'ils vivent assez longtemps, sont dignes d'être connus. Cela fait partie de la vie normale. Et plus nous les voyons comme les autres les voient, plus nous avons de chances de les connaître mieux.

De ma mère, je me rappelle seulement quelques bribes jusqu'à l'époque de mes seize ans, en 1960, année décisive pour nous deux — l'année où, un samedi matin, mon père se réveilla en étouffant et mourut avant de pouvoir se lever ; moi sur le lit, tout occupé à essayer de l'aider. Je le secoue. Je hurle devant ce visage inerte. Je souffle dans sa bouche toute molle. Pour je ne sais quelle raison, je le retourne sur le ventre. Je suis terrifié, glacé. Pendant tout ce temps, elle reste sur le seuil de la chambre, dans notre nouvelle maison des faubourgs de Jackson, les phalanges pressées contre ses tempes, cédant peu à peu à l'hystérie. Elle finit par perdre tout contrôle d'elle-même.

Mais avant cela. Ces bribes. Elles ont leur importance, sinon je ne m'en souviendrais pas aussi clairement. Une crevaison — nous trois dans la voiture, au milieu du pont de Greenville, sur le Mississippi. Tout là-haut, au-dessus du fleuve. Nous sommes restés dans la voiture pendant que mon père changeait la roue ; ma mère me serrait si fort contre elle que je pouvais à peine respirer. J'avais six ans.

— Je t'ai trop couvé quand tu étais petit, disait-elle souvent. Tu étais tout ce que nous avions. Je suis désolée.

Puis elle me racontait cette histoire. Mais je n'étais pas désolé. Cela me paraissait normal, puisque nous étions tout là-haut. « Couver » signifiait la présence d'un danger, « l'amour te protège ». Ce sont des leçons que j'apprécie encore. Aujourd'hui, je ne me sens pas à l'aise sur un pont, mais je crois que de toute façon je ne m'y serais jamais senti à l'aise.

Je me rappelle que ma mère avait subi une hystérectomie et que mon grand-père, Ben Shelley, la plaisanta en disant que les religieuses de l'hôpital Saint-Dominique « lui avaient bien fait la barbe ». Cette plaisanterie la fit fondre en larmes.

Je me rappelle qu'un jour, dans le jardin de Congress Street, parce que j'avais fait ou dit quelque chose — je ne sais plus —, ma mère partit en courant et traversa la cour de l'école voisine. Elle s'enfuit en courant. Je me rappelle que cela m'effraya, que je lui criai « Non ! » et qu'elle s'arrêta à mi-chemin avant de revenir sur ses pas. Je n'ai jamais su si c'était pour rire, mais je pense maintenant qu'elle avait de bonnes raisons de prendre ses jambes à son cou. Seule dans une ville inconnue, avec un enfant en bas âge. Cela suffit.

Ils se disputèrent deux fois en ma présence. La première, sur un trottoir de St. Louis Street, dans le Quartier français de La Nouvelle-Orléans. Cela se passait devant le restaurant Antoine's et je crois aujourd'hui qu'ils étaient tous les deux ivres, même si je l'ignorais alors, ne sachant même pas ce que signifiait être saoul. L'un voulait aller au restaurant. L'autre, qui ne l'entendait pas de cette oreille, désirait retourner à l'hôtel, au coin de la rue. Cela se passait en 1955. Il me semble que nous avions des billets pour le Sugar Bowl, l'équipe de la Navy contre Ole Miss. Ils s'injuriaient, je crois que mon père la tira par le bras, mais ils s'en allèrent chacun de son côté. Plus tard, nous avons dormi tous les trois dans le même lit à l'hôtel Monteleone et ils n'étaient plus fâchés. Dans notre famille, personne n'était rancunier ni ne restait longtemps en colère, même si nous étions un peu soupe au lait.

La seconde dispute fut pire que la première. Je crois qu'elle eut lieu la même année. Ils avaient bu. Mon père avait invité des amis, ce qui déplut à ma mère. Toutes les lumières étaient allumées dans la maison. Elle jurait tant et plus. Je me rappelle les invités debout sur le seuil, derrière la porte à treillis, n'osant pas entrer. Je me rappelle leurs visages livides et ma mère qui leur hurlait d'aller au diable, ce qu'ils firent. Alors mon père immobilisa les épaules de ma mère contre le mur près de la salle de bains et lui cria au visage tandis qu'elle essayait de se dégager. Je me rappelle les lumières crues. Mais personne ne reçut le moindre coup. Personne n'en recevait jamais, sauf moi quand on m'administrait le martinet. Ils se contentaient de hurler en se débattant. Ils luttaient comme ça. Ensuite, je me rappelle qu'au bout d'un moment nous nous sommes retrouvés tous les trois au lit, moi au milieu, et mon père sanglotait :

— Bou hou hou. Bou hou hou.

Voilà les sons qu'il faisait, comme s'il avait appris à pleurer dans un livre.

Beaucoup de temps a passé depuis lors et je me suis rappelé bien des choses dont je ne parle pas aujourd'hui. J'ai essayé d'inclure tous ces souvenirs dans mes romans. J'ai écrit tout cela et je l'ai oublié. J'ai raconté des histoires. Mais il y a d'autres souvenirs, toute une vie au passé. L'été, ma mère et moi prenions la route avec mon père dans la voiture brûlante pour sillonner la Louisiane, l'Arkansas, le Texas ; nous attendions pendant qu'il travaillait, pendant qu'il faisait sa tournée. Nous allions sur la côte, à Biloxi et à Pensacola. À Memphis. À Little Rock presque à chaque vacance. Nous *partions*. Telle était l'idée générale. Nous habitions Jackson, mais mon père voyageait. Dès que nous en avions l'occasion, nous partions avec lui. Pour le simple plaisir du voyage ; ou bien, quand il eut des problèmes cardiaques, pour l'aider. Notre vie sédentaire ne se stabilisa jamais. J'étais avec eux et surtout avec elle. Ma mère.

Et puis mon père est mort, et tout a changé — quant à moi, c'est étrange à dire, mais beaucoup de choses s'améliorèrent. Pas pour ma mère. Car, pour elle, rien ne fut ensuite aussi bien qu'avant. Un pan essentiel de son existence s'écroula le 20 février 1960. Il avait été tout pour elle ; ce qui jusque-là était resté implicite, naturel, devint soudain explicite, et elle ne sut pas comment réagir, elle se désintéressa de la vie. D'une certaine manière, je le comprends maintenant et je m'en aperçus presque aussi clairement à l'époque, elle baissa les bras.

EN CE QUI me concerne, elle ne baissa nullement les bras. J'avais seize ans, je venais d'avoir quelques démêlés avec la justice et ma mère devint, dirais-je, très consciente des aspects formels de son existence. Elle était veuve. Elle avait cinquante ans. Un fils qui semblait sur le bon chemin, mais qui risquait de mal tourner si elle ne prenait pas soin de lui. Ainsi, à sa manière, elle prit soin de moi.

Peu après l'enterrement, quand je retournai au lycée, quand les voisins cessèrent de lui rendre visite et d'apporter à manger — autrement dit, quand la douleur ainsi que le vrai deuil commencèrent pour de bon —, elle me demanda un jour de m'asseoir près d'elle et me dit que nous allions vivre de manière plus indépendante. Elle ne pourrait plus s'occuper de moi comme elle l'avait fait jusque-là. Nous sommes tombés d'accord pour dire que j'avais un avenir, mais que je serais désormais à ma seule charge. Et dans la mesure de nos moyens, nous ferions bien de nous soutenir l'un l'autre. Nous étions désormais des associés, voilà ce que je me rappelle avoir pensé. Comme jamais mon père n'avait réellement été présent, je ne ressentis pas trop fortement son absence définitive (contrairement à elle). Et puis, cette association me semblait être une bonne formule. Je devais éviter la prison parce qu'elle ne voulait pas avoir à m'en sortir. *Elle ne pourrait pas m'en sortir.* Il me fallait plutôt trouver des amis en qui je pourrais avoir confiance. Je pouvais posséder une voiture. Je pouvais partir pendant l'été, trouver un boulot à Little Rock et habiter chez mes grands-parents. Cela, par une entente tacite dont on ne parlait jamais directement (nous essayions de ne pas trop définir les choses ; nous ne voulions pas que *tout* devienne explicite, car tant de choses l'étaient déjà, qui ne l'avaient jamais été), *cela* lui donnerait le temps de s'adapter. De réfléchir aux choses. De devenir ce qu'elle devait devenir pour aller de l'avant et s'en sortir.

Je ne me rappelle jamais très bien la chronologie des événements. Cela se passait entre 1960 et 1962. J'étais alors en classe de première. Et j'ai évité la prison. J'ai en effet passé quelques étés chez mes grands-parents, qui dirigeaient maintenant un grand hôtel à Little Rock. J'ai eu une Ford 57 noire, qu'on m'a volée. Je me suis fait casser la figure, puis j'ai eu de nouveaux amis. Autrement dit, j'ai fait ce qu'on m'avait dit de faire. Je me suis mis à grandir en toute hâte.

Je repense à cette époque — entre la mort de mon père et mon départ pour le Michigan pour y faire mes études — comme à une époque où je ne voyais pas beaucoup ma mère. Pourtant, ce n'était pas exactement comme ça. Elle était là. J'étais là. Mais je ne peux expliquer par mon indépendance ma propre adaptation à la mort et à l'absence de mon père. Il me semble avoir été davantage hébété que peiné, et il est vrai que mes nouveaux amis m'ont beaucoup aidé. Ma mère se mit à travailler. Elle trouva un emploi dans une entreprise qui faisait des photos de classe. Elle avait besoin d'une formation et elle en suivit une. Ce fut seulement alors, fin 1960, à l'âge de cinquante ans, qu'elle regretta pour la première fois d'avoir quitté l'école en 1924. Mais elle s'accrocha et, chaque soir, elle revenait fatiguée à la maison. Je ne crois pas qu'elle avait trop de difficultés. Puis elle quitta cet emploi. Elle travailla dans une agence qui louait des appartements dans un immeuble neuf, elle essaya ensuite de devenir directrice de cette agence, mais n'y réussit pas – qui sait pourquoi ? Puis elle fut caissière de nuit dans un hôtel, le Robert E. Lee. Elle conserva cet emploi pendant environ un an. Ensuite, elle travailla dans le service des urgences de l'hôpital de l'Université du Mississippi, emploi qui lui plaisait beaucoup.

Et elle eut au moins un ami durant toute cette période. Un homme marié, originaire de Tupelo, nommé Matt, qui habitait l'immeuble dont elle s'occupait. C'était un gros homme bourru, qui travaillait dans le commerce des meubles et qui conduisait une Lincoln avec un revolver attaché à l'arbre de direction. Je l'aimais bien. Et j'étais content qu'il plaise à ma mère. Peu importait qu'il fût marié : je m'en moquais et je crois bien qu'elle s'en moquait aussi. Je n'ai vraiment aucune idée de ce qu'il y avait entre eux, ni de ce qu'ils faisaient quand ils étaient seuls. Et cela m'importe peu. Il l'emmenait en voyage. Il la fit venir à Memphis dans son avion privé. Il se comportait respectueusement envers nous deux. Elle m'a peut-être dit qu'elle prenait simplement du bon temps, que cette liaison lui permettait d'oublier ses soucis, qu'elle laissait quelqu'un être gentil avec elle. Mais je m'en moquais. Et nous savions tous les deux que rien de ce qu'elle me disait sur lui ne devait obligatoirement être fidèle à la vérité. Je croyais parfois désirer qu'elle épouse Matt. À d'autres moments, je me réjouissais qu'ils soient amants, si c'était le cas. Il avait des fils de mon âge ; plus tard, je devais même les rencontrer et bien m'entendre avec eux. Mais cela se passa après que ma mère et lui eurent rompu.

Je fus, en un sens, responsable de leur rupture, bien que, me semble-t-il, je ne l'aie pas désirée. Matt avait disparu depuis un moment. Ses affaires l'amenaient à Jackson, puis l'en éloignaient pendant des mois. Elle avait cessé de parler de lui et la vie avait reflué à un niveau presque normal. Je traversais une mauvaise passe au lycée — je venais d'avoir un D en algèbre (j'avais déjà échoué une fois) et je ne savais pas quoi faire pour améliorer cette note. Ma mère, qui travaillait alors comme caissière de nuit au Robert E. Lee, rentrait d'habitude à onze heures.

Mais un soir, elle ne rentra tout bonnement pas à la maison. J'avais un contrôle le lendemain. De l'algèbre. En proie à une grande agitation, j'ai appelé l'hôtel pour m'entendre dire qu'elle était partie à l'heure normale. Curieusement, cela m'a fait peur. J'ai pris ma voiture et j'ai sillonné le quartier où se trouvait l'hôtel, à la périphérie de la ville, tout près d'un quartier noir. Alors j'ai repéré sa voiture, l'Oldsmobile 58, grise et rose, qui avait été la fierté et la joie de mon père. Elle était garée sous des sycomores, en face des appartements où ma mère avait travaillé et où Matt habitait. J'ai paniqué. Le moment était mal choisi pour paniquer, mais c'est sans doute ce qui est arrivé. Je ne sais plus ce qui m'est passé par la tête, mais quand j'y repense aujourd'hui, je crois que je voulais demander à Matt s'il savait où était ma mère. C'est peut-être ça, mais il est également possible que j'aie su où elle se trouvait et que j'aie simplement voulu l'en faire partir.

Je suis entré dans l'immeuble — il devait être minuit —, j'ai pris l'ascenseur et longé le couloir jusqu'à la porte de Matt. J'ai tapé dessus. À coups de poing. Puis j'ai attendu.

Matt a ouvert la porte, ma mère était là, dans la pièce, derrière lui. Elle tenait un verre à la main. Les lumières étaient allumées, elle était debout au milieu de la pièce. C'était un bel appartement. Tous deux furent stupéfaits de me voir. Je ne leur reproche pas leur étonnement. Je ne leur reprochais rien à l'époque, j'avais plutôt honte d'être là. Mais j'étais, je crois, terrifié. Non parce qu'elle était devant moi. Non parce que j'étais venu seul. Mais simplement parce que je n'avais pas la moindre idée de l'endroit où elle avait pu se trouver. Qu'allais-je encore devoir perdre ?

Je me souviens que j'étais hors d'haleine. J'avais dix-sept ans. Mais je ne me rappelle plus aucune de leurs paroles ni aucun de leurs gestes, seulement les quelques mots que j'ai prononcés :

— Où étais-tu passée ? Je ne savais pas où tu étais. C'est tout.

Et ce fut tout. Absolument tout. Matt n'a pas dit grand-chose. Ma mère a pris son manteau, puis nous sommes rentrés à la maison avec les deux voitures. Elle semblait vaguement agacée par ma conduite ; moi, j'étais furieux contre elle. Ce soir-là, nous avons parlé ensemble. Elle a fini par me dire qu'elle était désolée, et je lui ai répondu que ça ne me faisait rien si elle voyait Matt ; il fallait seulement qu'elle me prévienne quand elle rentrait tard à la maison. À ma connaissance, elle n'a jamais revu Matt Matthews, ni pris aucun autre amant tout le temps qu'elle a vécu.

Plus tard, des années plus tard, alors qu'elle était en train de mourir, j'ai essayé à nouveau de tout lui expliquer — mes réactions, mes pensées, ce que j'*avais* pensé — comme si nous pouvions encore en parler, réparer cette nuit. Tout ce que je voulais, c'était qu'elle me téléphone ou, même des années plus tard, qu'elle me dise qu'elle avait eu l'intention de téléphoner. Mais ce ne fut, bien sûr, pas ce qu'elle fit ni sa façon de voir les choses. Elle prit un air légèrement dégoûté et secoua la tête.

— Ah, ça, dit-elle. Mon Dieu. Quelle bêtise. Tu n'avais rien à faire là-bas. Tu avais perdu l'esprit.

Mais j'ai compris que je ne pouvais pas agir de la sorte. J'avais un fils à élever.

Elle parut à nouveau dégoûtée — de tout, me semble-t-il. De toutes ces cartes que le destin lui avait placées entre les mains — une enfance ratée, la mort de mon père, moi-même, sa propre incapacité à s'élever au-dessus de tout cela pour envisager une vie meilleure. C'était une preuve supplémentaire d'un échec général, et je crois qu'elle en avait eu plus qu'assez.

Il n'y a que cela, ces instantanés, ces scènes appartenant à une époque vécue dans la confusion, quand le temps nous emportait, mais ce fut la dernière fois que nous vécûmes réellement ensemble, comme une mère et son fils. Nous ne nous disputions pas. Nous nous adaptions l'un à l'autre, comme si nous avions été tous deux adultes. Ensemble, nous devenions malins et drôles. Nous échangions des regards, nous nous observions. Nous n'étions jamais ironiques ni fuyants, les ruses de la colère nous restaient étrangères. Nous savions comment nous comporter et nous avions plaisir à nous comporter ainsi.

Elle vendit la maison neuve achetée par mon père et nous nous installâmes dans une tour. Les Tours

Magnolia. Je fis des progrès au lycée. Elle changeait souvent d'emploi. Je ne faisais pas très attention à ces changements, mais d'après ce que j'en sais aujourd'hui, ça n'a pas dû être facile.

Pourtant, je ne savais rien et je ne sais toujours rien sur la manière dont elle s'y prenait pour joindre les deux bouts. Mon père possédait une petite assurance. Il y avait peut-être quelques économies à la banque. Mes grands-parents proposèrent de nous aider. Ils étaient devenus riches. Mais mon père n'avait aucune retraite : ce n'était pas le genre de la maison qui l'avait employé. Je sais que l'État m'a alloué une pension, comme enfant à charge. Je veux simplement dire que j'ignore à quel point elle avait besoin de travailler ; combien d'argent elle devait rapporter à la maison ; si nous avions des dettes, des créanciers. Peut-être n'en avions-nous pas, peut-être ne travaillait-elle que pour suivre la direction que la vie semblait lui proposer : l'indépendance. La solitude. Avec tout ce que cela implique.

Il y eut des épisodes mémorables. Quand on m'a volé ma voiture, une Ford, nous sommes partis à la campagne, un jour d'hiver au crépuscule, chez un vendeur de voitures qui proposait — paraît-il — de bonnes affaires. Elle se sentait tenue de remplacer la voiture volée, et j'étais d'accord avec elle. Pendant que nous examinions des breaks bon marché, elle a aperçu une Thunderbird noire, elle ne l'a pas quittée des yeux et j'ai alors compris que c'était la voiture qu'elle désirait — pour elle-même —, que cette Thunderbird lui mettrait du baume au cœur. Chasser de notre vie l'ancienne Olds de mon père aurait marqué un progrès et il n'y avait personne, à cette époque, pour nous en dissuader. C'était comme une liberté nouvelle, bien que non revendiquée. Je l'ai donc encouragée. Elle l'a longtemps regardée, elle est montée dedans, elle a manœuvré le volant, claqué plusieurs fois la portière, puis nous sommes partis en promettant de réfléchir. Mais quelques jours plus tard, après que nous eumes réfléchi, la police a retrouvé mon ancienne voiture et ma mère a décidé de conserver l'Olds.

Une autre fois, après s'être livrée en ma compagnie à des expériences sexuelles variées, ma petite amie, une fille du Texas, sentit brusquement sans l'ombre d'un doute qu'elle était enceinte et que nos deux existences étaient fichues. La mienne, en tout cas, l'était à coup sûr. Il y avait autour de nous trop de gamins qui se mariaient à quatorze ans, avaient des enfants et divorçaient. Nous étions dans le Sud, après tout.

Je me retrouvai une fois de plus terrorisé et, un dimanche après-midi, je me confessai à ma mère ; je lui racontai *tout* ce que nous avions fait et tout ce que nous n'avions pas fait. Je lui donnai force détails, précisant les parties du corps et les positions, les « jusqu'où » et les « comment ». Tout ce que je voulais savoir d'elle, c'était si Louise *risquait* d'être enceinte, compte tenu de ses connaissances dans ce domaine (mais que savait-elle au juste ?). Autant de sujets qu'un garçon devait, bien sûr, aborder avec son père. Mais qui le faisait vraiment ? Je sais que je n'aurais jamais osé. Une telle conversation aurait déconcerté et gêné au plus haut point mon père autant que moi-même. Car même dans nos moments d'intimité, nous n'étions pas si proches l'un de l'autre. Et de toute façon, il était mort.

Mais ma mère, je la connaissais très bien. Je me comportais du moins comme si c'était le cas et elle en faisait de même avec moi. Elle avait cinquante-deux ans. J'en avais dix-huit. Elle était en terrain familier, elle savait quel genre de garçon j'étais. Nous étions associés dans mes bêtises et dans les siennes. Assis sur le divan, je lui racontai par le menu ce qui m'effrayait, je lui dis ce que je ne parvenais pas à bien comprendre, je lui confiai tout ; j'employai les mots *son*, *mon*, *dans*. Quant à elle, dissimulant sa terreur, elle m'assura avec prudence que tout irait bien. Aucune femme ne tombait jamais enceinte en faisant ce que nous avions fait, je devais arrêter de me faire du mauvais sang. Tout venait de l'imagination apeurée d'une jeune fille. Il ne fallait pas s'inquiéter. Je cessai donc de m'inquiéter.

Naturellement, elle se trompait. Elle n'aurait pu se tromper davantage. Si mon amie ne tomba pas enceinte, ce fut grâce à l'aimable intervention du hasard. Des milliers de femmes tombent enceintes en faisant ce que nous avions fait. Des milliers d'autres tombent enceintes en faisant bien moins. Je crois que ma mère n'y connaissait pas grand-chose, à moins qu'elle n'ait compris bien plus, à savoir : ce qui est fait est fait, et au diable les soucis, les explications, les rectifications. Je devais néanmoins me montrer plus prudent à l'avenir, à supposer que j'en eusse un. Et c'était à peu près tout. Si Louise était enceinte, aucun discours n'y changerait rien. Alors autant ne pas s'inquiéter inutilement.

Il y a bien sûr une leçon à tirer de tout cela — une leçon que j'apprécie et que, depuis lors, j'ai toujours tenté, sans succès, d'appliquer à mon existence. Mais je n'ai jamais considéré le monde à travers les yeux de ma mère. Pas encore. Je n'ai jamais ressenti vraiment l'insignifiance de nos actes, quels qu'ils soient. La pleine compréhension de cette leçon me viendra un jour, comme à nous tous. Mais c'est ma mère qui m'a d'abord et le mieux montré cela, et il est probable que j'ai commencé à le comprendre à ce moment-là.

PUIS CE FURENT les années soixante, et je suis allé à l'université, dans le Michigan. C'était mon choix et celui de personne d'autre ; ma mère ne m'y a pas encouragé, pas plus qu'elle n'a cherché à m'en dissuader. Je n'ai pas envisagé une seconde d'aller dans une université du Mississippi. Je voulais, croyais-je, devenir directeur d'hôtel, comme mon grand-père, qui avait tellement bien réussi dans cette branche. Et l'Université de l'État du Michigan était l'endroit idéal pour cela. En fait, je ne me souviens pas que ma mère et moi ayons jamais parlé de l'université. Elle n'y était jamais allée, elle n'y connaissait rien. Tout simplement, j'y entrerais et ce serait ensuite mon affaire. Elle s'y intéressait, mais sans passion ni désir de superviser mon avenir. Je ne crois pas qu'elle ait vraiment cru à mon départ, même quand l'Université du Michigan me fit savoir que j'étais admis et que je le lui annonçai. J'ignore ce qu'elle pensa au juste. Elle avait d'autres choses en tête à l'époque. Elle croyait peut-être que le Michigan n'était pas très loin du Mississippi, ce qui est à la fois vrai et faux, ou bien que je ne resterais pas là-bas, que je rentrerais bientôt à la maison. Peut-être croyait-elle que je ne partirais jamais. Ou peut-être ne croyait-elle rien du tout, ou rien de très clair ; elle remarquait simplement que je faisais ceci et cela, envoyant et recevant des lettres, fixant des dates, et elle décida d'attendre quand le moment serait venu.

Et il arriva.

En septembre 1962, nous sommes allés tous les deux à Jackson prendre le train — l'Illinois Central —, jusqu'à Chicago (c'était la première fois que nous faisions ensemble un voyage aussi long). Puis nous avons traversé la ville jusqu'à l'ancienne gare de La Salle Street et nous avons pris le Grand Trunk Western jusqu'à Lansing. Elle tenait à m'accompagner. Je crois qu'elle voulait simplement voir tout ça. Le Michigan. L'Illinois. Les champs de maïs. Les granges blanches. Le Middle West. Elle voulait voir, par la fenêtre d'un train, ce qui se passait là-bas, comment c'était. À quoi cela ressemblait. Peut-être deviner comment j'allais m'intégrer parmi tous ces gens, vivre dans les mêmes immeubles qu'eux, manger la même nourriture, apprendre à parler comme eux. Moi, son fils. Voilà comment elle concevait son devoir et sa mission.

Et puis, peut-être ne désirait-elle qu'une chose très ordinaire : accompagner son fils à l'université, lui dire au revoir ; nous voir, elle et moi, pendant un bref laps de temps, inclus dans des cadres conçus par d'autres, dans ce que les gens font en général. Si cela pouvait lui arriver ou nous arriver, alors une vie normale aurait peut-être repris, car à cette époque elle ne pouvait pas considérer sa vie comme normale.

Ainsi, à la fin de cette semaine-là, dans les derniers jours de septembre 1962, après m'être inscrit, avoir déballé mes affaires, rencontré mes camarades de chambre, après plusieurs jours passés à visiter la ville et à nous y promener, à manger ensemble dans des motels jusqu'à ne plus rien avoir à nous dire, je montai sur un banc d'arrêt de bus à côté de la voie ferrée, là, près de l'ancienne gare Grand Trunk Western de Lansing, et je levai les bras dans l'air froid et vif pour qu'elle me voie tandis que le train partait pour Chicago. Et je la vis, son visage blême en retrait derrière la vitre teintée, une paume collée contre le verre pour que je la voie bien. Elle pleurait. Au revoir, disait-elle. J'agitai un bras dans l'air froid en disant : « Au revoir. Je t'aime », et je regardai le train disparaître à travers le dédale en briques de cette vieille ville industrielle. À cet instant, me semble-t-il, ma vie a réellement commencé et tout ce qui restait de mon enfance s'est achevé.

C'EST ALORS qu'a commencé la vie qui, désormais, durerait jusqu'à la fin. Une existence fragmentée, tronquée, faite de visites, longues et brèves. Lettres. Coups de téléphone. Télégrammes. Retrouvailles dans des villes éloignées de la maison. Conversations dans des voitures, des aéroports, des gares. Difficulté des rendez-vous. Et surtout la séparation — le temps qui passait de mon côté, et du sien, observé de plus ou moins loin.

Seule, elle tint bon pendant un an dans le Mississippi, puis elle retourna dans la maison de Congress Street. Elle en loua la moitié, travailla à l'hôpital où, un temps, je crois, toute cette nouvelle vie qu'on lui offrait se passa bien, prit tournure. Comme vous vous en doutez, j'en suis réduit aux conjectures, car j'étais absent. Mais au moins, disait-elle, elle aimait son boulot ; elle aimait aussi les jeunes internes de l'hôpital, l'ambiance dramatique des urgences, et même jusqu'au fait de devoir travailler. Peut-être mon absence commença-t-elle à lui faire l'effet d'une bonne chose. Peut-être lui sembla-t-il qu'elle avait une vie à vivre. Que, compte tenu des circonstances, elle s'en était raisonnablement sortie ; qu'elle pouvait souffler, laisser les choses arriver sans craindre le pire. Une douleur se transformait enfin en quelque chose de moins douloureux.

C'était du moins ce que moi, je désirais penser. Les sentiments qu'un fils éprouve envers sa mère, lorsque celle-ci est veuve et que lui se trouve au loin, sont une affaire compliquée. Mais ce n'est pas simplifier à l'excès si je dis qu'il lui souhaite du bien. Pendant toutes ces années de vie fragmentée avec ma mère, j'étais conscient (comme je l'ai dit) qu'elle ne serait plus jamais complètement heureuse. Cela tenait en partie à son propre choix, et en partie à son caractère — à sa manière d'envisager l'existence sans mon père, toute cette vie qui lui restait à vivre d'une manière rien moins qu'idéale. Quelque part au fond d'elle-même, elle était toujours résignée. Chaque fois que je l'interrogeais, je rencontrais ce point d'arrêt, un point où l'espoir disparaissait tout simplement. Cela ne veut pas dire qu'elle était encore malheureuse après qu'un certain temps se fut écoulé. Ni qu'elle ne riait jamais. Ni qu'elle ne regardait pas la vie en face, qu'elle ne reprenait pas le dessus, qu'elle ne recollait pas les morceaux. Tout cela, elle le faisait. Mais pas complètement — pas assez, en tout cas, pour faire illusion aux yeux de son fils unique qui l'aimait. Je m'en rendais toujours compte. Je le sentais toujours. Je sentais toujours — comment dire ? — son mal de vivre ? Ses réticences ? Je regrettais qu'elle ne se laisse pas aller davantage qu'elle n'en semblait capable ; car, pour l'essentiel, ma propre vie paraissait bien engagée et je n'aimais pas l'idée qu'il en fût autrement pour elle. J'ai senti presque tout de suite que la mort de mon père m'offrait au moins autant de possibilités qu'elle m'en retirait. Elle me permit de choisir ma propre vie, de prendre mes propres décisions. Il pourrait arriver bien pire à un garçon que de perdre son père — un bon père, qui plus est — alors même que le monde commençait à s'ouvrir devant lui.

Mais ce n'était pas le cas pour elle, même si je ne peux définir exactement ce qu'elle vivait. Je peux seulement dire que, durant toutes les années qui suivirent la mort de mon père, vingt et une années, sa vie ne sembla jamais vécue à plein. Elle fit des voyages — au Mexique, à New York, en Californie, à Banff, dans les Caraïbes. Elle avait des amis qui l'aimaient et dont elle disait du bien. Sa vie devint de plus en plus facile après la mort de ses parents. Elle nous avait, ma femme et moi, qui l'aimions sans nul doute et cherchions autant que possible à l'associer à nos activités. Mais quand je lui demandais — cela m'arrivait — « Maman, ta vie te plaît-elle ? Tout va bien pour toi ? », elle me lançait un regard impatient avant de lever les yeux au ciel.

— Richard, répondait-elle, ne compte pas sur moi pour pousser des cris de joie. Ce n'est pas dans ma nature. Concentre-toi donc sur ta propre vie. Laisse la mienne tranquille. Je m'occupe très bien de moi.

Et ce fut, je crois, ce qu'elle fit après la mort de mon père et après mon départ, lorsqu'elle se retrouva seule : elle se maintint, elle fit de cela le but de son existence. Elle devint brusque, affairée, davantage préoccupée d'elle-même. Sa voix profonde s'approfondit encore et prit une sorte de gravité. Le soir, elle buvait pour s'enivrer un peu et elle prit une sorte de pose (surtout avec les hommes, qu'elle se mit à considérer comme ses débiteurs). Elle fit de son veuvage la pierre de touche de son caractère. Pas question de se laisser marcher sur les pieds, même si personne n'en avait la moindre intention. Une veuve devait être sur ses gardes et faire attention à tous les détails. Personne ne pouvait vous aider. Une vie consacrée à l'efficacité ne vous sauverait pas, non ; mais elle vous préparait à tout ce dont on ne pouvait vous sauver.

Plus tard, elle nous envoya de l'argent, à moi et à ma femme, de loin et selon nos besoins. Elle s'occupa de sa mère, qui tomba malade, devint infirme et ne la remercia jamais. Elle s'occupa de son beau-père et retourna même s'installer à Little Rock. Elle vendit sa maison, la sienne et la première maison de mon père, et elle vécut avec mes grands-parents à l'hôtel, et plus tard — après la mort de Ben — dans divers appartements en ville. Elle redevint une fille à cinquante-cinq ans, une fille qui s'occupait de sa mère âgée. Elles avaient assez d'argent. Une bonne voiture. Un groupe d'amis qui, eux aussi, avaient perdu leur conjoint — des gens de la même classe. Ils s'accompagnaient mutuellement. Allaient manger en petits groupes, jouaient à la canasta l'après-midi, se parlaient au téléphone, regardaient la télé, organisaient des discussions ; s'ennuyaient, cédaient à l'impatience ou à la colère. Buvaient des cocktails. Se moquaient des hommes. Regardaient. Menaient une existence confortable. Attendaient.

À cette époque, notre vie commune se résumait à ce que je savais de sa vie à elle. Et à des visites. Nous habitions loin l'un de l'autre. Elle, à Little Rock. Moi, puis Kristina et moi, à New York, en

Californie, au Mexique, à Chicago, encore dans le Michigan, dans le New Jersey, dans le Vermont. Elle arrivait en train, par avion ou en voiture, toute disposée à nous prêter de l'argent et à nous inviter à dîner. À nous acheter ce qu'il nous fallait. À faire repeindre une pièce. À se faire du souci pour moi. À rester là un moment avec nous, avant de rentrer chez elle.

Chacun a sans doute tendance à croire que tous ces détails ne sont pas exactement représentatifs du mode d'existence général. Ni pires, ni meilleurs. Mais qu'ils sont un peu particuliers. Nos existences, celle de ma mère et la mienne, semblaient particulières. Ou peut-être semblaient-elles tout simplement imparfaites. L'éloignement. Sa solitude. Nos visites et nos séparations. Cela a consumé vingt années de nos deux vies — ses vingt dernières années, ma deuxième vingtaine d'années, alors que ma vie commençait à prendre tournure. J'ai toujours ressenti comme une anomalie le fait que, pendant toutes ces années, je n'aie pas vu ma mère davantage, que nous n'ayons pas eu une vie quotidienne à partager. L'impossibilité de partager entièrement les arrangements que nous avons faits après la mort de mon père. Je crois qu'à aucune période nos existences ne furent aussi soudées qu'avant sa mort. Cette imperfection sous-tend le reste. Et à chacun de ses départs, elle pleurait. Voici pourquoi elle pleurait. Parce que nous ne serions plus jamais soudés, parce que cette époque était révolue. C'était tout ce qui nous restait. Et cela ne suffisait pas. Cela ne la dédommageait pas assez de cette époque révolue. Elle me raconta un jour que, dans un ascenseur, une femme lui avait demandé :

— Madame Ford, avez-vous des enfants ?

— Non, avait-elle répondu.

Puis elle avait pensé : « Enfin, oui, j'en ai un. Il y a Richard. »

Pendant toutes ces années, nos conversations avaient trait à la télévision, aux films que nous avions vus ou à ceux que nous avions manqués, aux livres qu'elle lisait, au base-ball. Curieusement, le nom de Johnny Bench revenait souvent. Ma femme et moi l'avions emmenée aux World Series*. Elle prit parti pour l'équipe que nous n'aimions pas et se plaignit d'être mal assise — ces places, nous avions soulevé des montagnes pour les obtenir. Nous l'avons emmenée en voyage avec

* Championnat annuel de base-ball (N.d.T.).

Universal Tour. Nous sommes retournés avec elle chez Antoine's. Nous l'avons conduite en Californie, à Montreal. Dans le Maine. Dans le Vermont et le nord du Michigan. Dans tous les endroits où nous pouvions l'emmener. Tous deux, nous nous observions. Elle observait ma femme et mon mariage, et l'ensemble lui plaisait. Elle observait mes efforts pour devenir écrivain, sans les comprendre entièrement.

— Mais quand vas-tu prendre un travail et t'y mettre pour de bon ? me demanda-t-elle un jour.

Elle observait le fait que nous n'avions pas d'enfant et n'émettait aucun commentaire. Elle scrutait sa vie et la nôtre, sans peut-être voir bien clairement comment l'une enrichissait l'autre.

Je remarquais qu'elle vieillissait ; je voyais bien que son existence ne la satisfaisait pas complètement et qu'elle tirait le meilleur parti de tout ce qui se présentait — prenant un travail occasionnel, puis renonçant enfin à ces tentatives. Je sentais qu'elle m'aimait ; elle me prenait parfois à part, tôt le matin, quand nous pouvions être seuls comme deux adultes, et elle me disait :

— Richard, es-tu heureux ?

Quand je lui répondais que oui, elle ajoutait en manière d'avertissement :

— Il faut que tu sois heureux. C'est tellement important.

Ainsi, la vie continuait. Non pas sans but. Mais pas davantage avec un but bien précis. Peut-être cela est-il propre à ce qui nous lie à nos parents — cette impression qu'il y a un but à atteindre, puis la reconnaissance de la nature inévitable de ce but, puis un retour à l'ici et maintenant. À ce qui est seulement là.

Quelque chose qui tient à l'essence de la vie ne se dit pas clairement à travers ces mots. Il n'y a pas assez de mots. Il n'y a pas assez d'événements. Il n'y a pas assez de mémoire pour rendre une vie de manière fidèle et exacte. En un sens, au cours de toutes ces années vécues séparément, ma mère et moi avons vécu l'un envers l'autre comme ces gens qui s'apprécient et aimeraient se voir davantage. En amis. Je n'ai pas encore dit qu'elle n'intervenait jamais. Qu'elle acceptait que ma vie avec Kristina lui retire une partie de son rôle maternel. Qu'elle ne cultivait pas les jugements à l'emporte-pièce. Qu'elle considérait ses visites comme bienvenues, ce qu'elles étaient, bien sûr. Elle pensait sincèrement que ce que nous avions fait, elle et moi, était le résultat naturel d'événements eux-mêmes naturels. Désormais, et comme autrefois, elle était tout sauf psychologue. Elle ne questionnait pas. Elle jouait les cartes qu'on lui avait distribuées. Par une étrange entente tacite, nous savions que la vie était ainsi. Voilà ce qui nous était échu. Nous étions fatalistes, la mère comme le fils. Et nous nous en sommes accommodés.

EN 1973, ma mère découvrit qu'elle souffrait d'un cancer du sein. C'est ainsi, sans doute, que cela se passe, avec des gens comme elle. Dans un premier temps, on prend conscience de ce qu'il y a quelque chose, là. Puis vient le temps du souci et de la certitude croissante. Elle en parla à une amie, qui ne fit rien. Enfin, il y eut cette allusion fortuite qu'elle fit devant moi. Je l'envoyai aussitôt voir un médecin, lequel procéda à des analyses dépourvues d'optimisme.

De cette brève période pendant laquelle je séjournai à Little Rock, je me rappelle qu'après la première visite au médecin, quand toutes les analyses et les détails matériels furent arrêtés, nous sommes partis en week-end tous les trois, elle, moi et Kristina. Elle *devait entrer en clinique* le lundi suivant. Mais le samedi, nous sommes partis à la campagne en voiture, pour rendre visite à la famille de mon père, à ses cousins qu'elle aimait bien, et pour nous recueillir sur sa tombe à lui. Quand ma mère leur a dit qu'elle allait *entrer en clinique pour subir des examens*, à eux, qui étaient plus âgés qu'elle, ils ont fait bonne figure. Nous nous sommes promenés dans sa Buick et nous avons tout simplement passé du temps ensemble. Nous devinions que c'était la fin de l'ancienne époque, la fin de cette période où nous étions simplement nous-mêmes, ces êtres que nous avions fabriqués et perfectionnés en tenant compte de tout ce qui s'était passé. Quelque chose dans ces examens allait tout bouleverser et nous voulions manifester notre conviction que, oui, ç'avait été une vie, ces allées et venues, cette santé, cet humour, cette affection exprimée par accès épisodiques. Ç'avait été quelque chose. Et rien ne pourrait changer cette évidence. Il nous suffirait d'y repenser pour avoir le sentiment d'être vivants.

La mort commence longtemps avant de s'achever. Et en elle, en son cœur même, réside une vie qui demande à être vécue efficacement. Il nous restait sept années, mais nous l'ignorions. Alors les habitudes ont repris le dessus. Nous avons repris nos visites et nos séparations. Insisté, comme auparavant, sur le fait que la vie était la vie, convaincus qu'elle pouvait aisément se réduire à moins. Et j'ai l'impression que rien n'avait vraiment changé. Pas tout à fait. Mais presque. Parler au téléphone. Visites, voyages, amis, rencontres. Un besoin plus urgent de savoir « comment sont les choses », le désir que tout aille pour le mieux.

Ma mère, je crois, fit contre mauvaise fortune bon cœur. Elle subit l'ablation d'un sein. On lui fit des rayons. Elle dut affronter son retour à la solitude. Tout cela, elle le fit apparemment avec un minimum de peur, beaucoup de dignité et de résignation. Comme si, pendant ses dernières années, elle s'était entraînée à supporter les mauvaises nouvelles. À faire face aux désastres. Je crois qu'elle prit la mesure de tout cela, je crois qu'elle avait une conscience aiguë de son attitude à l'égard de ce qui lui arrivait.

Pour la première fois, j'envisageai sérieusement que ma mère vienne vivre avec moi. Cette possibilité, nous en avons souvent discuté ; il y avait eu des précédents et maintes occasions de manifester son point de vue. Ma mère avait un avis très clair sur la question. Elle ne voulait pas en entendre parler. Pour elle, ce genre de cohabitation gâchait la vie de tout le monde et elle disait non d'avance. Elle avait vécu avec sa mère, ce qui avait abouti à des années d'un malheur aride. Querelles. Mésentente. Sa mère lui en voulait de sa propre présence, disait-elle, elle détestait qu'on s'occupe d'elle. Elle devint mesquine, vicieuse. C'était un cul-de-sac, elle-même ne voulait rien de tel, et elle voulut me faire jurer de renoncer à cette idée. Ce que je fis. Nous disions en riant que j'allais l'abandonner à son triste sort. Qu'elle se retrouverait à l'hospice pendant que je dépenserais des mille et des cents.

Mais elle avait l'esprit pratique. Elle prit ses dispositions. Un endroit nommé « le Village presbytérien », à Little Rock, lui tiendrait lieu de maison de retraite quand elle serait prête, dit-elle. Elle avait déjà versé de l'argent. Ils lui avaient promis de faire leur devoir. Et voilà tout.

— Je ne veux dépendre de personne, disait-elle avec le plus grand sérieux.

Ma femme et moi n'avions rien à redire à ces dispositions.

Nous avons donc repris notre existence habituelle. À cette époque, nous habitions le New Jersey. Nous avions une maison. Et nous recevions de nombreuses visites, dont celles, fréquentes, de ma mère. L'après-midi, elle se promenait dans notre jardin ombragé, parlant aux voisins comme si elle les connaissait, s'occupant des parterres de fleurs. Elle paraissait en bonne santé. Et pleine de vitalité. La maladie et la possibilité de la maladie la poussaient à vivre plus pleinement. Elle désirait, semblait-il, faire davantage de choses. Partir en croisière. Visiter Hawaii. Voyager. Elle avait de nouvelles amies, plus jeunes qu'elle. Des femmes du Sud, bruyantes, séduisantes. Elle nous parlait d'elles en citant leurs noms. Blanche. Herschel. Mignon. Des gens que nous ne connaissions pas, qui buvaient, riaient, l'aimaient et qu'elle aimait. J'avais quelques images en tête.

L'année s'égrenait de visite médicale en visite médicale, toujours à la fin de l'hiver, peu après mon anniversaire. Mais chaque année, de bonnes nouvelles suivaient les soucis. Chaque année nous offrait une fête et un soulagement. Un sursis.

Je ne veux pas dire que nos existences se déroulaient hors de l'attente et du prisme de la mort. Personne, je pense, ne peut perdre un parent et vivre sans craindre que l'autre disparaisse brusquement ou se mette à mourir. La joie de la survie est altérée par cette affreuse certitude qu'on ne peut survivre. À cette époque, je lisais la mort de ma mère dans presque tous les faits et gestes de son existence. Je traquais la maladie. Je prêtais une oreille trop attentive à ses plaintes. J'organisais obscurément sa mort, ainsi que l'horreur que j'en avais — je m'y préparais à l'avance pour qu'au moment où elle arriverait, je ne m'effondre pas complètement.

Il y eut d'abord des douleurs au dos. J'ai du mal à me rappeler quand. C'était au printemps, en 1981, six ans après sa première opération. Elle vint nous rendre visite dans le New Jersey, mais quelque chose n'allait pas. À soixante-dix ans, la souffrance était entrée dans sa vie. Elle semblait épuisée, envahie par la douleur. Elle avait vu des médecins à Little Rock, mais rien de tout cela n'était lié à son cancer, nous dit-elle en rapportant leur diagnostic. C'étaient simplement des problèmes de dos. Les pièces qui s'usaient. Elle rentra chez elle, mais pendant l'été elle eut encore plus mal. Quand je lui téléphonais de l'endroit où je me trouvais, j'entendais longtemps la sonnerie, et puis elle répondait d'une voix faible, à peine audible.

— J'ai mal, Richard, me disait-elle. Mon médecin me donne des cachets. Mais ils ne me font pas toujours d'effet.

Je lui répondais que j'allais venir la voir.

— Non. Tout ira bien, disait-elle alors. Fais ce que tu as à faire.

L'été fila ainsi, puis l'automne arriva.

J'entamai un nouveau travail dans le Massachusetts et, un matin, le téléphone sonna. C'était l'aube. Quand on appelle à cette heure de la journée, c'est en général que la mort est de la partie. Pourtant, ce n'était pas le cas. Ma mère était arrivée à l'hôpital pendant la nuit, en ambulance. Elle souffrait. Une fois là-bas, son cœur s'était arrêté, brièvement, avant de repartir. Elle allait mieux, me dit au téléphone une infirmière de Little Rock. Je lui répondis que j'allais quitter le Massachusetts le jour-même ; trouver quelqu'un pour donner mes cours à ma place ; rejoindre en voiture l'aéroport d'Albany. Et c'est ce que je fis.

À Little Rock, l'été s'attardait. Un ami de ma mère, nommé Ed, est venu me chercher en voiture. Nous sommes passés devant de vieux immeubles, sur une voie de chemins de fer, au-dessus du fleuve, l'Arkansas. Il essayait de me réconforter, mais c'était sans espoir, dit-il. Ma mère avait été plus malade que je ne le pensais ; elle avait passé des journées entières dans son appartement sans sortir. Elle était restée au lit pendant tout l'été. Il fallait que je me prépare à une chose bien précise. À sa mort.

En réalité, il s'agissait de bien plus que sa mort. C'était la vie, dans sa singularité — la sienne surtout, la nôtre — qui se manifestait maintenant à travers un autre type d'événements. On pouvait comprendre toutes ces choses, voilà ce que Ed voulait me dire. Lutter contre elles était désespéré et aussi, peut-être, légèrement pervers. C'était, après tout, inévitable. Et mieux valait envisager la situation ainsi.

Je crois que je commençai alors à me résoudre à cet inévitable. Ce trajet en voiture à travers la ville, jusqu'à l'hôpital, me fit l'effet d'une ligne de démarcation. Un homme, que je connaissais à peine, me suggéra de voir les choses sous un autre angle, ainsi que ma mère et ma propre existence. Il suggérait, pour l'essentiel, que je commence à trouver *ma place* dans tout ça. À me retirer. À être lui ou comme lui. Cela valait mieux. Et c'est ce que je fis.

Ma mère, apparemment, se sentait mieux. Mais une chose très inhabituelle lui était arrivée. Elle avait subi un arrêt cardiaque. Elle avait souffert d'une congestion pulmonaire, me dit le médecin devant elle. Il avait déjà procédé à d'autres examens et les résultats n'étaient pas bons. C'était un homme jeune, de petite taille, aux cheveux frisés et aux yeux clairs. Il parlait doucement et il aimait bien ma mère, il se rappelait son apparence quand elle était venue le voir la première fois. « En bonne santé », avait-il dit, maintenant dérouté par le cours d'une maladie qu'il était censé connaître. Je ne me souviens plus de son nom. Il entra dans sa chambre, s'assit sur la chaise avec une liasse de papiers et nous annonça la mauvaise nouvelle. Cette mauvaise nouvelle si banale. Les douleurs dorsales étaient finalement dues au cancer. Elle allait mourir, mais il ne savait pas quand. Sans doute l'année prochaine. Il ne semblait pas y avoir la moindre perspective de guérison. Et je sais qu'il était désolé de le savoir et de l'annoncer ; d'une certaine manière, son rôle était peut-être encore plus désagréable à tenir que le nôtre.

Je ne me rappelle plus ce que nous lui avons dit. Je suis sûr que nous avons posé d'excellentes questions, car nous étions tous les deux très bons quand les dés étaient jetés. Je ne me souviens pas que ma mère ait pleuré. Je sais que je n'ai pas pleuré. Nous savions tous les deux à quelle catégorie d'événements ce message appartenait. C'était le message qui met fin à une longue incertitude. Et je ne peux pas croire que tous les deux, chacun à sa façon, nous n'ayons pas ressenti une espèce de soulagement, comme si notre curiosité venait d'être satisfaite et que nous pouvions passer à autre chose. La vraie question — est-ce grave ? — trouve enfin sa réponse et est aussitôt oubliée. Étrange. Je me demande si les médecins savent à quel point c'est étrange.

Pourtant, d'une certaine manière, cette nouvelle ne changea rien. La force de persuasion de l'existence normale est, après tout, irrésistible. Accepter moins que la vie, quand ce n'est pas absolument nécessaire, est absurde.

Je crois que nous avons parlé. Elle quitta de nouveau l'hôpital et, du moins dans mon souvenir, je restai avec elle, puis l'accompagnai chez elle avant de retourner à mon travail. Nous avons fait des projets de visite. D'autres allées et venues. Elle viendrait dans le Massachusetts dès qu'elle s'en sentirait la force. Nous pouvions toujours imaginer un avenir et c'était exactement tout ce que nous demandions.

Je repris mon enseignement et lui parlai presque tous les jours, même si la pensée que son état empirait, que la situation était désespérée et que je ne pouvais rien y faire, me fit manquer quelques journées de cours. Cela devenait affreux, la vie paraissait gâchée, sans avenir, grosse de déceptions.

Pendant tout ce temps, ma mère vécut en dehors de l'hôpital ; sans interrompre les transfusions, qui semblaient lui faire du bien, malgré leur côté inquiétant. Je crois qu'elle sortait avec ses amis. Elle avait de la compagnie. Elle vivait comme si la vie allait durer. Puis, début octobre, elle vint dans le Nord. Je suis allé la chercher en voiture à New York et nous sommes remontés jusqu'à la maison que je louais dans le Vermont. Il y avait de la brume, presque toutes les feuilles étaient tombées. Dans la maison, il faisait froid et sombre, si bien que je l'ai emmenée dîner à Bennington pour qu'elle se réchauffe. Elle m'a dit qu'elle avait eu une autre transfusion avant son voyage et qu'elle resterait avec moi jusqu'à ce que cette transfusion ne lui fasse plus d'effet et qu'elle se sente à nouveau faible.

Et c'est exactement ce que nous avons fait, partageant un genre inédit de vie simple. J'allais à l'école, je faisais mon travail et je rentrais le soir. Elle restait dans la grande maison avec mon chien. Elle lisait. Se préparait à déjeuner. Regardait les World Series à la télé. Vit l'assassinat de Sadate. Regardait par la fenêtre. Le soir, nous bavardions. Je faisais mon travail pour l'école, je ne sortais pas beaucoup. Avec ma femme, qui travaillait à New York et nous retrouvait pour le week-end, nous partions nous promener en voiture dans la campagne, nous invitions des amis et rendions des visites, vivant ensemble comme nous l'avions fait pendant toutes ces années dans divers lieux. Je ne sais pas ce que nous étions censés faire d'autre, à quoi nous aurions pu consacrer tout ce temps.

Par une journée ensoleillée de début novembre, alors qu'elle avait déjà passé trois semaines avec moi et que nous n'avions en fait plus rien à faire ni à discuter, elle s'assit près de moi sur le divan et me dit :

— Richard, je ne sais pas pendant combien de temps je vais pouvoir continuer à m'occuper de moi. Je suis désolée, mais c'est la vérité.

— Cela t'inquiète ? demandai-je.

— Eh bien, fit ma mère, oui. Je n'ai pas de place au Village presbytérien avant l'année prochaine. Et je ne suis pas certaine de ce que je vais pouvoir faire jusqu'à cette date.

— Qu'aimerais-tu faire ? dis-je.

— Je ne sais pas très bien.

L'air soucieux, elle regarda par la fenêtre, vers la colline où les arbres étaient nus et où il y avait de la brume.

— Ton état va peut-être s'améliorer, dis-je.

— Oui. Peut-être. J'imagine que ce n'est pas impossible.

— Moi, je suis sûr que c'est possible, dis-je.

— Bon. D'accord.

— Sinon, repris-je, si à Noël tu ne te sens pas capable de te débrouiller par toi-même, tu pourras venir habiter avec nous. Nous retournons à Princeton. Tu pourras vivre là-bas.

Dans les yeux de ma mère, je vis alors une lumière. Une sorte de lumière, en tout cas. La reconnaissance. Le soulagement. L'aveu. L'acceptation.

— Tu en es sûr ? demanda-t-elle en me regardant.

Les yeux de ma mère étaient d'un brun très soutenu, je m'en souviens.

— Oui, j'en suis sûr, dis-je. Tu es ma mère. Je t'aime.

— Très bien », dit-elle en acquiesçant. Pas de larmes. « Je vais commencer à y réfléchir, alors. Je vais m'organiser un peu pour mes meubles.

— Attends donc, dis-je.

Et voici la phrase que, parmi toutes les phrases de mon existence, je regrette d'avoir prononcée. Les mots que je regrette d'avoir jamais entendus.

— Ne fais pas encore de projets, dis-je. Tu vas peut-être te sentir mieux. Ce ne sera peut-être pas nécessaire de venir habiter à Princeton.

— Oh », fit ma mère. Et ce qui lui avait soudain mis une étincelle dans le regard disparut tout aussi brusquement. Ses soucis revinrent. Ainsi que son inquiétude de l'avenir. « Je vois, dit-elle. Très bien.

J'aurais pu ne pas dire cela. J'aurais pu dire :

— Oui, prends tes dispositions. Ce sera parfait, quoi qu'il arrive. J'y veillerai.

Mais ce n'est pas ce que j'ai dit. À la place, je me suis rabattu sur autre chose, sur un autre avenir et, du moins rétrospectivement, je sais de quel avenir il s'agissait. Je crois d'ailleurs qu'elle aussi le comprit. Sans doute peut-on dire qu'à cet instant je la vis affronter la mort, je vis la mort l'emporter au-delà de ses limites, et moi-même j'en eus peur, j'eus peur de tout ce que je savais ; je m'accrochais à la vie, à la possibilité de la vie et du changement. Peut-être redoutais-je quelque chose de plus tangible. Mais en vérité, après cela, tout ce que chacun aurait ensuite pu faire pour l'autre disparut alors bel et bien. Même ensemble, nous étions seuls.

LE RESTE tient en peu de mots. Le lendemain ou le surlendemain, je l'ai conduite à Albany. Elle avait froid dans ma maison, disait-elle, elle n'arrivait pas à se réchauffer, elle serait mieux chez elle. C'était notre histoire, mais il n'y avait nulle part assez de chaleur pour la réchauffer. Elle avait l'air pâle. Et quand je la quittai à l'aéroport, elle pleura encore ; immobile, elle me regarda retourner dans le long couloir et elle agita la main. J'agitai la main, moi aussi. Ce fut la dernière fois où je devais la voir ainsi. Debout. Dans ce monde. Nous l'ignorions, bien sûr. Mais nous savions que quelque chose allait se passer.

Six semaines plus tard elle était morte. Il n'y a rien d'exceptionnel à raconter sur cet ultime épisode. Elle ne vint jamais à Princeton. Le mal l'avait emportée. « Mon corps m'a trahie », avait-elle dit, un jour. « Maintenant, mes chances sont minces, presque nulles. » C'était la vérité. Je ne l'ai jamais vue morte, je ne le voulais pas, j'ai simplement appris la nouvelle quand l'hôpital a téléphoné. Pourtant, pendant ce dernier mois, je l'ai vue et revue affronter la mort ; aussi puis-je dire que voir ainsi la mort affrontée avec dignité et courage ne confère aucune de ces deux qualités, mais seulement la pitié, l'impuissance et la peur.

Tout le reste ne regarde que moi — ces moments, ces messages que le monde n'a pas lieu de connaître. Elle savait que je l'aimais, je le lui disais souvent. Je savais qu'elle m'aimait. C'est tout ce qui compte pour moi aujourd'hui, tout ce qui devrait jamais compter.

Pour finir.

A-t-on jamais une « relation » avec sa mère ? Non, je ne crois pas. Le pittoresque n'existe que dans l'esprit des insensés. Nous n'avons jamais été liés par la culpabilité ni par la gêne, ni même par le devoir. L'amour englobait tout. Nous espérions pouvoir lui faire confiance et il ne nous déçut pas. Nous prenions toujours soin de le dire — « Je t'aime » — comme si l'heure pouvait venir, imprévue, où elle aurait besoin de l'entendre, et moi comme elle, où chacun de nous aurait besoin de s'entendre le dire à l'autre et que, pour une raison quelconque, cela fût impossible ; notre perte, alors, serait immense — et notre confusion. L'ignorance. La vie amoindrie.

Nous nous ressemblons, ma mère et moi. Un front large et haut. Le même menton, le même nez. Il y a des photos pour en témoigner. Quand je me regarde, c'est elle que je vois, j'entends même son rire. Sa vie ne recèle aucun éclat particulier, rien de notoire. Aucun acte héroïque. Aucune prouesse qui enflamme le cœur. Et bien assez de mauvais moments : une enfance dont rien ne mérite d'être retenu ; un mari qu'elle aima éperdument et qu'elle perdit ; puis une existence qui se passe de commentaires. Ma mère me permit néanmoins d'exprimer mes sentiments les plus véridiques, tout comme une œuvre littéraire s'offre à ses lecteurs passionnés. J'ai vécu avec elle ce moment auquel nous aspirons tous, ce moment où l'on peut dire : « Oui. Les choses sont ainsi. » Cet acte de connaissance qui est la preuve de l'amour. Je l'ai vécu. J'ai connu avec elle un grand nombre de ces moments, et je les reconnaissais à l'instant même où ils se produisaient. Maintenant encore, je les reconnais. Et je crois que je les connaîtrai toujours.

DU MÊME AUTEUR

Rock Springs

Payot, 1989
Seuil, « Points Roman », n° R403
Rivages-Poche, 1997
Éditions de l'Olivier, 1999
et « Points », n° P1143

Un week-end dans le Michigan

Payot, 1989
Éditions de l'Olivier, 1999
et « Points », n° P96

Une saison ardente

Éditions de l'Olivier, 1991
« Points Roman », n° R571
et « Points Signatures », n° P2021

Le Bout du rouleau

Éditions de l'Olivier, 1992
et « Points Roman », n° R681

Indépendance

Prix Pulitzer 1996
Éditions de l'Olivier, 1996
et « Points », n° P429

Une situation difficile

Éditions de l'Olivier, 1998
et « Points », n° P1154

Une mort secrète

Éditions de l'Olivier, 1999
et « Points », n° P1104

Péchés innombrables
Éditions de l'Olivier, 2002
et « Points », n° P1153

L'État des lieux
Éditions de l'Olivier, 2008

IMPRESSION : CPI BRODARD ET TAUPIN À LA FLÈCHE
DÉPÔT LÉGAL AVRIL 2009. N° 99543 (51802)
IMPRIMÉ EN FRANCE

Collection Points

DERNIERS TITRES PARUS

P1720. Si petites devant ta face, *Anne Brochet*
P1721. Ils s'en allaient faire des enfants ailleurs *Marie-Ange Guillaume*
P1722. Le Jugement de Léa, *Laurence Tardieu*
P1723. Tibet or not Tibet, *Péma Dordjé*
P1724. La Malédiction des ancêtres, *Kirk Mitchell*
P1725. Le Tableau de l'apothicaire, *Adrian Mathews*
P1726. Out, *Natsuo Kirino*
P1727. La Faille de Kaïber. Le Cycle des Ombres I *Mathieu Gaborit*
P1728. Griffin. Les Descendants de Merlin III, *Irene Radford*
P1729. Le Peuple de la mer. Le Cycle du Latium II *Thomas B. Swann*
P1730. Sexe, mensonges et Hollywood, *Peter Biskind*
P1731. Qu'avez-vous fait de la révolution sexuelle ? *Marcela Iacub*
P1732. Persée, prince de la lumière. Le Châtiment des dieux III *François Rachline*
P1733. Bleu de Sèvres, *Jean-Paul Desprat*
P1734. Julius et Isaac, *Patrick Besson*
P1735. Une petite légende dorée, *Adrien Goetz*
P1736. Le Silence de Loreleï, *Carolyn Parkhurst*
P1737. Déposition, *Leon Werth*
P1738. La Vie comme à Lausanne, *Erik Orsenna*
P1739. L'Amour, toujours !, *Abbé Pierre*
P1740. Henri ou Henry, *Didier Decoin*
P1741. Mangez-moi, *Agnès Desarthe*
P1742. Mémoires de porc-épic, *Alain Mabanckou*
P1743. Charles, *Jean-Michel Béquié*
P1744. Air conditionné, *Marc Vilrouge*
P1745. L'Homme qui apprenait lentement *Thomas Pynchon*
P1746. Extrêmement fort et incroyablement près *Jonathan Safran Foer*
P1747. La Vie rêvée de Sukhanov, *Olga Grushin*

P1748. Le Retour du Hooligan, *Norman Manea*
P1749. L'Apartheid scolaire, *G. Fellouzis & Cie*
P1750. La Montagne de l'âme, *Gao Xingjian*
P1751. Les Grands Mots du professeur Rollin
Panacée, ribouldingue et autres mots à sauver
Le Professeur Rollin
P1752. Dans les bras de Morphée
Histoire des expressions nées de la mythologie
Isabelle Korda
P1753. Parlez-vous la langue de bois ?
Petit traité de manipulation à l'usage des innocents
Martine Chosson
P1754. Je te retrouverai, *John Irving*
P1755. L'Amant en culottes courtes, *Alain Fleischer*
P1756. Billy the Kid, *Michael Ondaatje*
P1757. Le Fou de Printzberg, *Stéphane Héaume*
P1758. La Paresseuse, *Patrick Besson*
P1759. Bleu blanc vert, *Maïssa Bey*
P1760. L'Été du sureau, *Marie Chaix*
P1761. Chroniques du crime, *Michael Connelly*
P1762. Le croque-mort enfonce le clou, *Tim Cockey*
P1763. La Ligne de flottaison, *Jean Hatzfeld*
P1764. Le Mas des alouettes, Il était une fois en Arménie
Antonia Arslan
P1765. L'Œuvre des mers, *Eugène Nicole*
P1766. Les Cendres de la colère. Le Cycle des Ombres II
Mathieu Gaborit
P1767. La Dame des abeilles. Le Cycle du latium III
Thomas B. Swann
P1768. L'Ennemi intime, *Patrick Rotman*
P1769. Nos enfants nous haïront
Denis Jeambar & Jacqueline Remy
P1770. Ma guerre contre la guerre au terrorisme, *Terry Jones*
P1771. Quand Al-Quaïda parle, *Farhad Khosrokhavar*
P1772. Les Armes secrètes de la C.I.A., *Gordon Thomas*
P1773. Asphodèle, *suivi de* Tableaux d'après Bruegel
William Carlos Williams
P1774. Poésie espagnole 1945-1990 (anthologie)
Claude de Frayssinet
P1775. Mensonges sur le divan, *Irvin D. Yalom*

P1776. Le Sortilège de la dague. Le Cycle de Deverry I
Katharine Kerr
P1777. La Tour de guet *suivi des* Danseurs d'Arun.
Les Chroniques de Tornor I, *Elisabeth Lynn*
P1778. La Fille du Nord, Les Chroniques de Tornor II
Elisabeth Lynn
P1779. L'Amour humain, *Andreï Makine*
P1780. Viol, une histoire d'amour, *Joyce Carol Oates*
P1781. La Vengeance de David, *Hans Werner Kettenbach*
P1782. Le Club des conspirateurs, *Jonathan Kellerman*
P1783. Sanglants trophées, *C.J. Box*
P1784. Une ordure, *Irvine Welsh*
P1785. Owen Noone et Marauder, *Douglas Cowie*
P1786. L'Autre Vie de Brian, *Graham Parker*
P1787. Triksta, *Nick Cohn*
P1788. Une histoire politique du journalisme
Géraldine Muhlmann
P1789. Les Faiseurs de pluie.
L'histoire et l'impact futur du changement climatique
Tim Flannery
P1790. La Plus Belle Histoire de l'amour, *Dominique Simonnet*
P1791. Poèmes et proses, *Gerard Manley Hopkins*
P1792. Lieu-dit l'éternité, poèmes choisis, *Emily Dickinson*
P1793. La Couleur bleue, *Jörg Kastner*
P1794. Le Secret de l'imam bleu, *Bernard Besson*
P1795. Tant que les arbres s'enracineront
dans la terre et autres poèmes, *Alain Mabanckou*
P1796. Cité de Dieu, *E.L. Doctorow*
P1797. Le Script, *Rick Moody*
P1798. Raga, approche du continent invisible, *J.M.G. Le Clézio*
P1799. Katerina, *Aharon Appefeld*
P1800. Une opérette à Ravensbrück, *Germaine Tillion*
P1801. Une presse sans Gutenberg,
Pourquoi Internet a révolutionné le journalisme
Bruno Patino et Jean-François Fogel
P1802. Arabesques. L'aventure de la langue en Occident
Henriette Walter et Bassam Baraké
P1803. L'Art de la ponctuation. Le point, la virgule
et autres signes fort utiles
Olivier Houdart et Sylvie Prioul

P1804. À mots découverts. Chroniques au fil de l'actualité
Alain Rey
P1805. L'Amante du pharaon, *Naguib Mahfouz*
P1806. Contes de la rose pourpre, *Michel Faber*
P1807. La Lucidité, *José Saramago*
P1808. Fleurs de Chine, *Wei-Wei*
P1809. L'Homme ralenti, *J.M. Coetzee*
P1810. Rêveurs et nageurs, *Denis Grozdanovitch*
P1811. - 30°, *Donald Harstad*
P1812. Le Second Empire. Les Monarchies divines IV
Paul Kearney
P1813. Été machine, *John Crowley*
P1814. Ils sont votre épouvante, et vous êtes leur crainte
Thierry Jonquet
P1815. Paperboy, *Pete Dexter*
P1816. Bad city blues, *Tim Willocks*
P1817. Le Vautour, *Gil Scott Heron*
P1818. La Peur des bêtes, *Enrique Serna*
P1819. Accessible à certaine mélancolie, *Patrick Besson*
P1820. Le Diable de Milan, *Martin Suter*
P1821. Funny Money, *James Swain*
P1822. J'ai tué Kennedy ou les mémoires d'un garde du corps
Manuel Vázquez Montalbán
P1823. Assassinat à Prado del Rey et autres histoires sordides
Manuel Vázquez Montalbán
P1824. Laissez entrer les idiots. Témoignage d'un autiste
Kamran Nazeer
P1825. Patients si vous saviez, *Christian Lehmann*
P1826. La Société cancérigène
Geneviève Barbier et Armand Farrachi
P1827. La Mort dans le sang, *Joshua Spanogle*
P1828. Une âme de trop, *Brigitte Aubert*
P1829. Non, ce pays n'est pas pour le vieil homme
Cormack Mc Carthy
P1830. La Psy, *Jonathan Kellerman*
P1831. La Voix, *Arnaldur Indridason*
P1832. Les Nouvelles Enquêtes du juge Ti, vol. 4
Petits meurtres entre moines, *Frédéric Lenormand*
P1833. Les Nouvelles Enquêtes du juge Ti, vol. 5
Madame Ti mène l'enquête, *Frédéric Lenormand*

P1834. La Mémoire courte, *Louis-Ferdinand Despreez*
P1835. Les Morts du Karst, *Veit Heinichen*
P1836. Un doux parfum de mort, *Guillermo Arriaga*
P1837. Bienvenue en enfer, *Clarence L. Cooper*
P1838. Le Roi des fourmis, *Charles Higson*
P1839. La Dernière Arme, *Philip Le Roy*
P1840. Désaxé, *Marcus Sakey*
P1841. Opération vautour, *Stephen W. Frey*
P1842. Éloge du gaucher, *Jean-Paul Dubois*
P1843. Le Livre d'un homme seul, *Gao Xingjian*
P1844. La Glace, *Vladimir Sorokine*
P1845. Je voudrais tant revenir, *Yves Simon*
P1846. Au cœur de ce pays, *J.M. Coetzee*
P1847. La Main blessée, *Patrick Grainville*
P1848. Promenades anglaises, *Christine Jordis*
P1849. Scandale et folies.
Neuf récits du monde où nous sommes, *Gérard Mordillat*
P1850. Un mouton dans la baignoire, *Azouz Begag*
P1851. Rescapée, *Fiona Kidman*
P1852. Le Sortilège de l'ombre. Le Cycle de Deverry II
Katharine Kerr
P1853. Comment aiment les femmes. Du désir et des hommes
Maryse Vaillant
P1854. Courrier du corps. Nouvelles voies de l'anti-gymnastique
Thérèse Bertherat
P1855. Restez zen. La méthode du chat, *Henri Brunel*
P1856. Le Jardin de ciment, *Ian McEwan*
P1857. L'Obsédé (L'Amateur), *John Fowles*
P1858. Moustiques, *William Faulkner*
P1859. Givre et sang, *John Cowper Powys*
P1860. Le Bon Vieux et la Belle Enfant, *Italo Svevo*
P1861. Le Mystère Tex Avery, *Robert Benayoun*
P1862. La Vie aux aguets, *William Boyd*
P1863. L'amour est une chose étrange, *Joseph Connolly*
P1864. Mossad, les nouveaux défis, *Gordon Thomas*
P1865. 1968, Une année autour du monde, *Raymond Depardon*
P1866. Les Maoïstes, *Christophe Bourseiller*
P1867. Floraison sauvage, *Aharon Appelfeld*
P1868. Et il y eut un matin, *Sayed Kashua*
P1869. 1000 mots d'esprit, *Claude Gagnière*

P1870. Le Petit Grozda. Les merveilles oubliées du Littré
Denis Grozdanovitch
P1871. Romancero gitan, *Federico García Lorca*
P1872. La Vitesse foudroyante du passé, *Raymond Carver*
P1873. Ferrements et autres poèmes, *Aimé Césaire*
P1874. La Force qui nous manque, *Eva Joly*
P1875. Enfants des morts, *Elfriede Jelinek*
P1876. À poèmes ouverts, *Anthologie Printemps des poètes*
P1877. Le Peintre de batailles, *Arturo Pérez-Reverte*
P1878. La Fille du Cannibale, *Rosa Montero*
P1879. Blue Angel, *Francine Prose*
P1880. L'Armée du salut, *Abdellah Taïa*
P1881. Grille de parole, *Paul Celan*
P1882. Nouveaux poèmes *suivi de* Requiem
Rainer Maria Rilke
P1883. Dissimulation de preuves, *Donna Leon*
P1884. Une erreur judiciaire, *Anne Holt*
P1885. Honteuse, *Karin Alvtegen*
P1886. La Mort du privé, *Michael Koryta*
P1887. Tea-Bag, *Henning Mankell*
P1888. Le Royaume des ombres, *Alan Furst*
P1889. Fenêtres de Manhattan, *Antonio Muñoz Molina*
P1890. Tu chercheras mon visage, *John Updike*
P1891. Fonds de tiroir, *Pierre Desproges*
P1892. Desproges est vivant, *Pierre Desproges*
P1893. Les Vaisseaux de l'ouest. Les Monarchies divines V
Paul Kearney
P1894. Le Quadrille des assassins. La Trilogie Morgenstern I
Hervé Jubert
P1895. Un tango du diable. La Trilogie Morgenstern II
Hervé Jubert
P1896. La Ligue des héros. Le Cycle de Kraven I
Xavier Mauméjean
P1897. Train perdu, wagon mort, *Jean-Bernard Pouy*
P1898. Cantique des gisants, *Laurent Martin*
P1899. La Nuit de l'abîme, *Juris Jurjevics*
P1900. Tango, *Elsa Osorio*
P1901. Julien, *Gore Vidal*
P1902. La Belle Vie, *Jay McInerney*
P1903. La Baïne, *Eric Holder*

P1904. Livre des chroniques III, *António Lobo Antunes*
P1905. Ce que je sais (Mémoires 1), *Charles Pasqua*
P1906. La Moitié de l'âme, *Carme Riera*
P1907. Drama city, *George P. Pelecanos*
P1908. Le Marin de Dublin, *Hugo Hamilton*
P1909. La Mère des chagrins, *Richard McCann*
P1910. Des louves, *Fabienne Jacob*
P1911. La Maîtresse en maillot de bain. Quatre récits d'enfance
Yasmina Khadra, Paul Fournel,
Dominique Sylvain et Marc Villard
P1912. Un si gentil petit garçon
Jean-Loup Chiflet
P1913. Saveurs assassines. Les Enquêtes de Miss Lalli
Kalpana Swaminathan
P1914. La Quatrième Plaie, *Patrick Bard*
P1915. Mon sang retombera sur vous, *Aldo Moro*
P1916. On ne naît pas Noir, on le devient
Jean-Louis Sagot-Duvauroux
P1917. La Religieuse de Madrigal, *Michel del Castillo*
P1918. Les Princes de Francalanza, *Federico de Roberto*
P1919. Le Conte du ventriloque, *Pauline Melville*
P1920. Nouvelles chroniques au fil de l'actualité.
Encore des mots à découvrir, *Alain Rey*
P1921. Le mot qui fait mouche. Dictionnaire amusant
et instructif des phrases les plus célèbres de l'histoire
Gilles Henry
P1922. Les Pierres sauvages, *Fernand Pouillon*
P1923. Ce monde est mon partage et celui du démon
Dylan Thomas
P1924. Bright Lights, Big City, *Jay McInerney*
P1925. À la merci d'un courant violent, *Henry Roth*
P1926. Un rocher sur l'Hudson, *Henry Roth*
P1927. L'amour fait mal, *William Boyd*
P1928. Anthologie de poésie érotique, *Jean-Paul Goujon (dir.)*
P1929. Hommes entre eux, *Jean-Paul Dubois*
P1930. Ouest, *François Vallejo*
P1931. La Vie secrète de E. Robert Pendleton, *Michael Collins*
P1932. Dara, *Patrick Besson*
P1933. Le Livre pour enfants, *Christophe Honoré*
P1934. La Méthode Schopenhauer, *Irvin D. Yalom*

P1935. Echo Park, *Michael Connelly*
P1936. Les Rescapés du Styx, *Jane Urquhart*
P1937. L'Immense Obscurité de la mort, *Massimo Carlotto*
P1938. Hackman blues, *Ken Bruen*
P1939. De soie et de sang, *Qiu Xiaolong*
P1940. Les Thermes, *Manuel Vázquez Montalbán*
P1941. Femme qui tombe du ciel, *Kirk Mitchell*
P1942. Passé parfait, *Leonardo Padura*
P1943. Contes barbares, *Craig Russell*
P1944. La Mort à nu, *Simon Beckett*
P1945. La Nuit de l'infamie, *Michael Cox*
P1946. Les Dames de nage, *Bernard Giraudeau*
P1947. Les Aventures de Minette Accentiévitch, *Vladan Matijeviç*
P1948. Jours de juin, *Julia Glass*
P1949. Les Petits Hommes verts, *Christopher Buckley*
P1950. Dictionnaire des destins brisés du rock *Bruno de Stabenrath*
P1951. L'Ère des dragons. Le Cycle de Kraven II *Xavier Mauméjean*
P1952. Sabbat Samba. La Trilogie Morgenstern III *Hervé Jubert*
P1953. Pour le meilleur et pour l'empire, *James Hawes*
P1954. Doctor Mukti, *Will Self*
P1955. Comme un père, *Laurence Tardieu*
P1956. Sa petite chérie, *Colombe Schneck*
P1957. Tigres et tigresses. Histoire intime des couples présidentiels sous la Ve République, *Christine Clerc*
P1958. Le Nouvel Hollywood, *Peter Biskind*
P1959. Le Tueur en pantoufles, *Frédéric Dard*
P1960. On demande un cadavre, *Frédéric Dard*
P1961. La Grande Friture, *Frédéric Dard*
P1962. Carnets de naufrage, *Guillaume Vigneault*
P1963. Jack l'éventreur démasqué, *Sophie Herfort*
P1964. Chicago banlieue sud, *Sara Paretsky*
P1965. L'Illusion du péché, *Alexandra Marinina*
P1966. Viscéral, *Rachid Djaïdani*
P1967. La Petite Arabe, *Alicia Erian*
P1968. Pampa, *Pierre Kalfon*
P1969. Les Cathares. Brève histoire d'un mythe vivant *Henri Gougaud*

P1970. Le Garçon et la Mer, *Kirsty Gunn*
P1971. L'Heure verte, *Frederic Tuten*
P1972. Le Chant des sables, *Brigitte Aubert*
P1973. La Statue du commandeur, *Patrick Besson*
P1974. Mais qui est cette personne allongée dans le lit à côté de moi ?, *Alec Steiner*
P1975. À l'abri de rien, *Olivier Adam*
P1976. Le Cimetière des poupées, *Mazarine Pingeot*
P1977. Le Dernier Frère, *Nathacha Appanah*
P1978. La Robe, *Robert Alexis*
P1979. Le Goût de la mère, *Edward St Aubyn*
P1980. Arlington Park, *Rachel Cusk*
P1981. Un acte d'amour, *James Meek*
P1982. Karoo boy, *Troy Blacklaws*
P1983. Toutes ces vies qu'on abandonne, *Virginie Ollagnier*
P1984. Un peu d'espoir. La trilogie Patrick Melrose *Edward St Aubyn*
P1985. Ces femmes qui nous gouvernent, *Christine Ockrent*
P1986. Shakespeare, la biographie, *Peter Ackroyd*
P1987. La Double Vie de Virginia Woolf *Geneviève Brisac, Agnès Desarthe*
P1988. Double homicide, *Faye et Jonathan Kellerman*
P1989. La Couleur du deuil, *Ravi Shankar Etteth*
P1990. Le Mur du silence, *Hakan Nesser*
P1991. Mason & Dixon, *Thomas Pynchon*
P1992. Allumer le chat, *Barbara Constantine*
P1993. La Stratégie des antilopes, *Jean Hatzfeld*
P1994. Mauricio ou les Élections sentimentales, *Eduardo Mendoza*
P1995. La Zone d'inconfort. Une histoire personnelle *Jonathan Franzen*
P1996. Un goût de rouille et d'os, *Craig Davidson*
P1997. La Porte des larmes. Retour vers l'Abyssinie *Jean-Claude Guillebaud, Raymond Depardon*
P1998. Le Baiser d'Isabelle. L'aventure de la première greffe du visage *Noëlle Châtelet*
P1999. Poésies libres, *Guillaume Apollinaire*
P2000. Ma grand-mère avait les mêmes. Les dessous affriolants des petites phrases *Philippe Delerm*

P2001. Le Français dans tous les sens, *Henriette Walter*
P2002. Bonobo, gazelle & Cie, *Henriette Walter*, *Pierre Avenas*
P2003. Noir corbeau, *Joel Rose*
P2004. Coupable, *Davis Hosp*
P2005. Une canne à pêche pour mon grand-père, *Gao Xingjian*
P2006. Le Clocher de Kaliazine, Études et miniatures *Alexandre Soljenitsyne*
P2007. Rêveurs, *Knut Hamsun*
P2008. Pelures d'oignon, *Günter Grass*
P2009. De l'aube au crépuscule, *Rabindranath Tagore*
P2010. Les Sept Solitudes de Lorsa Lopez, *Sony Labou Tansi*
P2011. La Première Femme, *Nedim Gürsel*
P2012. Le Tour du monde en 14 jours, 7 escales, 1 visa *Raymond Depardon*
P2013. L'Aïeul, *Aris Fakinos*
P2014. Les Exagérés, *Jean-François Vilar*
P2015. Le Pic du Diable, *Deon Meyer*
P2016. Le Temps de la sorcière, *Arni Thorarinsson*
P2017. Écrivain en 10 leçons, *Philippe Ségur*
P2018. L'Assassinat de Jesse James par le lâche Robert Ford *Ron Hansen*
P2019. Tu crois que c'est à moi de rappeler ? Transports parisiens 2, *Alec Steiner*
P2020. À la recherche de Klingsor, *Jorge Volpi*
P2021. Une saison ardente, *Richard Ford*
P2022. Un sport et un passe-temps, *James Salter*
P2023. Eux, *Joyce Carol Oates*
P2024. Mère disparue, *Joyce Carol Oates*
P2025. La Mélopée de l'ail paradisiaque, *Mo Yan*
P2026. Un bonheur parfait, *James Salter*
P2027. Le Blues du tueur à gages, *Lawrence Block*
P2028. Le Chant de la mission, *John le Carré*
P2029. L'Ombre de l'oiseau-lyre, *Andres Ibañez*
P2030. Les Arnaqueurs aussi, *Laurent Chalumeau*
P2031. Hello Goodbye, *Moshé Gaash*
P2032. Le Sable et l'Écume et autres poèmes, *Khalil Gibran*
P2033. La Rose et autres poèmes, *William Butler Yeats*
P2034. La Méridienne, *Denis Guedj*
P2035. Une vie avec Karol, *Stanislao Dziwisz*
P2036. Les Expressions de nos grands-mères, *Marianne Tillier*

P2037. *Sky my husband !* The integrale/Ciel mon mari ! L'intégrale, *Dictionary of running english/* Dictionnaire de l'anglais courant, *Jean-Loup Chiflet*
P2038. Dynamite road, *Andrew Klavan*
P2039. Classe à part, *Joanne Harris*
P2040. La Dame de cœur, *Carmen Posadas*
P2041. Ultimatum (En retard pour la guerre), *Valérie Zénatti*
P2042. 5 octobre, 23h33, *Donald Harstad*
P2043. La Griffe du chien, *Don Wislow*
P2044. Les Nouvelles Enquêtes du juge Ti, vol. 6 Mort d'un cuisinier chinois, *Frédéric Lenormand*
P2045. Divisadero, *Michel Ondaatje*
P2046. L'Arbre du dieu pendu, *Alejandro Jodorowsky*
P2047. Découpé en tranches, *Zep*
P2048. La Pension Eva, *Andrea Camilleri*
P2049. Le Cousin de Fragonard, *Patrick Roegiers*
P2050. Pimp, *Iceberg Slim*
P2051. Graine de violence, *Evan Hunter (alias Ed McBain)*
P2052. Les Rêves de mon père. Un héritage en noir et blanc *Barack Obama*
P2053. Le Centaure, *John Updike*
P2054. Jusque-là tout allait bien en Amérique, Chroniques de la vie américaine 2 *Jean-Paul Dubois*
P2055. Les juins ont tous la même peau. Rapport sur Boris Vian *Chloé Delaume*
P2056. De sang et d'ébène, *Donna Leon*
P2057. Passage du désir, *Dominique Sylvain*
P2058. L'Absence de l'ogre, *Dominique Sylvain*
P2059. Le Labyrinthe grec, *Manuel Vázquez Montalbán*
P2060. Vents de carême, *Leonardo Padura*
P2061. Cela n'arrive jamais, *Anne Holt*
P2062. Un sur deux, *Steve Mosby*
P2063. Monstrueux, *Natsuo Kirino*
P2064. Reflets de sang, *Brigitte Aubert*
P2065. Commis d'office, *Hannelore Cayre*
P2066. American Gangster, *Max Allan Collins*
P2067. Le Cadavre dans la voiture rouge *Ólafur Haukur Símonarson*
P2068. Profondeurs, *Henning Mankell*

P2069. Néfertiti dans un champ de canne à sucre
Philippe Jaenada
P2070. Les Brutes, *Philippe Jaenada*
P2071. Milagrosa, *Mercedes Deambrosis*
P2072. Lettre à Jimmy, *Alain Mabanckou*
P2073. Volupté singulière, *A.L. Kennedy*
P2074. Poèmes d'amour de l'Andalousie à la mer Rouge
Poésie amoureuse hébraïque
P2075. Quand j'écris je t'aime
suivi de Le Prolifique et Le Dévoreur, *W.H. Auden*
P2076. Comment éviter l'amour et le mariage
Dan Greenburg, Suzanne O'Malley
P2077. Le Fouet, *Martine Rofinella*
P2078. Cons, *Juan Manuel Prada*
P2079. Légendes de Catherine M., *Jacques Henric*
P2080. Le Beau Sexe des hommes, *Florence Ehnuel*
P2081. G., *John Berger*
P2082. Sombre comme la tombe où repose mon ami
Malcolm Lowry
P2083. Le Pressentiment, *Emmanuel Bove*
P2084. L'Art du roman, *Virginia Woolf*
P2085. Le Clos Lothar, *Stéphane Héaume*
P2086. Mémoires de nègre, *Abdelkader Djemaï*
P2087. Le Passé, *Alan Pauls*
P2088. Bonsoir les choses d'ici-bas, *António Lobo Antunes*
P2089. Les Intermittences de la mort, *José Saramago*
P2090. Même le mal se fait bien, *Michel Folco*
P2091. Samba Triste, *Jean-Paul Delfino*
P2092. La Baie d'Alger, *Louis Gardel*
P2093. Retour au noir, *Patrick Raynal*
P2094. L'Escadron guillotine, *Guillermo Arriaga*
P2095. Le Temps des cendres, *Jorge Volpi*
P2096. Frida Khalo par Frida Khalo, Lettres 1922-1954
Frida Khalo
P2097. Anthologie de la poésie mexicaine
Claude Beausoleil
P2098. Les Yeux du dragon, petits poèmes chinois
Anthologie
P2099. Seul dans la splendeur, *John Keats*
P2100. Beaux Présents, Belles Absentes, *Georges Pérec*

P2101. Les Plus Belles Lettres du professeur Rollin
Ou comment écrire au roi d'Espagne
pour lui demander la recette du Gaspacho
François Rollin
P2102. Répertoire des délicatesses du français contemporain
Renaud Camus
P2103. Un lien étroit, *Christine Jordis*
P2104. Les Pays lointains, *Julien Green*
P2105. L'Amérique m'inquiète.
Chroniques de la vie américaine 1
Jean-Paul Dubois
P2106. Moi je viens d'où *suivi de* C'est quoi l'intelligence
et de E = CM2, *Albert Jacquard, Marie-José Auderset*
P2107. Moi et les autres, initiation à la génétique
Albert Jacquard
P2108. Quand est-ce qu'on arrive ?, *Howard Buten*
P2109. Tendre est la mer, *Philip Plisson, Yann Queffélec*
P2110. Tabarly, *Yann Queffélec*
P2111. Les Hommes à terre, *Bernard Giraudeau*
P2112. Le Phare appelle à lui la tempête et autres poèmes
Malcom Lowry
P2113. L'Invention des Désirades et autres poèmes
Daniel Maximin
P2114. Antartida, *Francisco Coloane*
P2115. Brefs aperçus sur l'éternel féminin
Denis Grozdanovitch
P2116. Le Vol de la mésange, *François Maspero*
P2117. Tordu, *Jonathan Kellerman*
P2118. Flic à Hollywood, *Joseph Wambaugh*
P2119. Ténébreuses, *Karin Alvtegen*
P2120. La Chanson du jardinier, Les Enquêtes de Miss Lalli
Kalpana Swaminathan
P2121. Portrait de l'écrivain en animal domestique
Lydie Salvayre
P2122. In memoriam, *Linda Lê*
P2123. Les Rois écarlates, *Tim Willocks*
P2124. Arrivederci amore, *Massimo Carlotto*
P2125. Les Carnets de monsieur Manatane
Benoît Poelvoorde, Pascal Lebrun
P2126. Guillon aggrave son cas, *Stéphane Guillon*

P2127. Le Manuel du parfait petit masochiste
Dan Greenburg, Marcia Jacobs
P2128. Shakespeare et moi, *Woody Allen*
P2129. Pour en finir une bonne fois pour toutes avec la culture
Woody Allen
P2130. Porno, *Irvine Welsh*
P2131. Jubilee, *Margaret Walker*
P2132. Michael Tolliver est vivant, *Armistead Maupin*
P2133. Le Saule, *Hubert Selby Jr*
P2134. Les Européens, *Henry James*
P2135. Comédie new-yorkaise, *David Schickler*
P2136. Professeur d'abstinence, *Tom Perrotta*
P2137. Haut vol : histoire d'amour, *Peter Carey*
P2138. Le Siffleur, *Laurent Chalumeau*
P2139. La Danseuse de Mao, *Qiu Xiaolong*
P2140. L'Homme délaissé, *C. J. Box*
P2141. Les Jardins de la mort, *George Pelecanos*
P2142. Avril rouge, *Santiago Roncagliolo*
P2143. Ma Mère, *Richard Ford*
P2144. Comme une mère, *Karine Reysset*
P2145. Titus d'Enfer. La Trilogie de Gormenghast, 1
Mervyn Peake
P2146. Gormenghast. La Trilogie de Gormenghast, 2
Mervyn Peake
P2147. Au monde.
Ce qu'accoucher veut dire : une sage-femme raconte...
Chantal Birman
P2148. Du plaisir à la dépendance.
Nouvelles thérapies, nouvelles addictions
Michel Lejoyeux
P2149. Carnets d'une longue marche.
Nouvelle marche d'Istanbul à Xi'an
Bernard Ollivier, François Dermaut
P2150. Treize Lunes, *Charles Frazier*
P2151. L'Amour du français.
Contre les puristes et autres censeurs de la langue
Alain Rey
P2153. Belle-sœur, *Patrick Besson*
P2154. Après, Fred Chichin est mort
Pascale Clark